AF191803

DIE AUTORIN:

geboren 1960 | Wirtschaftskundliches Realgymnasium der Ursulinen in Innsbruck | Studium der Germanistik | Redakteurin bei Langenscheidts *Großwörterbuch Deutsch als Fremdsprache* | Kursleiterin Deutsch als Fremdsprache | Frauen- und Pressereferentin bei den Tiroler Grünen | Pressereferentin und Geschäftsführerin bei der SPÖ Tirol

Veröffentlichungen:

Langformen: *Du machst das schon* (2020, BoD) | *Brave neue Welt* (2023, BoD) | *Die Bratschistin* (2024, BoD)
Kurzgeschichten: *Blödsinn, sagte der Pinguin* (2022, story.one) | *Das dumme a* (2022, story.one)

www.christinemayr.at

Christine Mayr

Diese Bedürftigkeit, diese gottverdammte Bedürftigkeit

Roman

©2025 Christine Mayr

Verlag: BoD · Books on Demand GmbH,

Überseering 33, 22297 Hamburg, bod@bod.de

Druck: Libri Plureos GmbH,

Friedensallee 273, 22763 Hamburg

ISBN: 978-3-7693-9028-5

www.christinemayr.at

Coverfoto: iStock

DAS BARBIER

KELLNERIN GESUCHT steht auf einem Zettel an der Tür der Bar, in der ich ab und zu nach einer Vorlesung ein kleines Bier trinke, BEWERBUNGEN IM LOKAL. Das ist der Job, den ich brauche. Meine Eltern gehören nämlich nicht zu der Sorte, die ihre Fortpflanzen mit Geldregen überschüttet. Einmal darüber schlafen, aufwachen, und ich weiß: Die Idee ist gut.

Ich ziehe meine hautengen Jeans an, die taschenlosen, die sich unter den Knien zu Glocken weiten, schlüpfe in die weiße Bluse mit dem dezent koketten Ausschnitt und stecke mir die Haare zu einem Knoten auf dem Scheitel hoch, den ich sorgfältig schlampig arrangiere. Meine Augen mit den grünen Sprenkeln im hellen Braun betone ich mit einem grünen Kajalstrich, vertraue auf das natürliche Rot meiner Lippen und meine Bekanntheit als Gästin. Serviererfahrung habe ich. Seit ich vierzehn gewesen bin, habe ich in den Sommerferien Tourists bedient, die sich in Albruggens Prachtgasse kurz bei Kaffee und Kuchen niederlassen, um Kraft für das nächste Museum oder die Stufen auf den Burgturm zu tanken. Ich kann ein Tablett über dem Kopf zwischen engstehendem Trinkvolk durchjonglieren und mir Bestellungen in den meisten Fällen merken. Und Kopfrechnen ist sowieso meine Lieblingssportart.

Joey engagiert mich vom Fleck weg. Er ist gelernter Friseur, hat feuerrote Haare, die in ungezähmten Locken vom Kopf stehen und markiert gern den Figaro, vor allem, wenn er einen sitzen hat. Dann springt er hinter dem Tresen im Karree und intoniert Mozart. *Figaro qua, Figaro là, Figaro su, Figaro giù.* Die Gäste biegen sich vor Lachen und applaudieren ihm. *Bravo Figaro, bravo, bravissimo.*

An meinem ersten Arbeitsabend händigt er mir eine abgegriffene Kellnertasche aus, schwer von Münzen, vor allem Fünfer und Zehner, ein paar Scheine in den Fächern, insgesamt tausend Schilling Wechselgeld. „Vom ersten Lohn kaufst du dir dann deine eigene", sagt er und gibt mir auch eine Schürze, ottakringergelb mit dem Namen der Bar in schwarzem Schriftzug, *Das BarBier*. Ich stecke die Geldbörse in die rechte Popotasche meiner Hose, für die Arbeit habe ich eine Five-Pocket-Jeans im Bootcut-Schnitt gewählt, und lasse mir ein paar Handgriffe zeigen, dir mir nicht geläufig sind. Allen voran die, mit denen es Joey schafft, einem koffeinfreien Espresso eine schöne Crema zu verpassen. Darauf ist er stolz, kaum ein Wirt kann das, schon gar nicht einer, bei dem Bier in der Beliebtheitsskala der Gäste ganz oben steht. Das Geheimnis ist, mehr Pulver in das Sieb zu geben als beim unkastrierten Kaffee – O-Ton Joey – und es mit großer Kraft festzudrücken. Bei meinem dritten Versuch kann sich der cremige Kaffeeschaum sehen lassen, ein Laie könnte keinen Unterschied zum Unkastrierten ausmachen. Joey ist zufrieden, ich bin es auch. Auch wenn davon auszugehen ist, dass dieses Getränk nur selten von mir verlangt werden wird.

Während ich meinem neuen Chef beweise, dass ich Weißbier einschenken kann, ohne dass der Schaum überläuft, und er anerkennend nickt, taxiert mich der Gast, der es bestellt hat. Er lungert mitten im Gastraum herum und kommt mir bekannt vor, besonders das Klebrige seines Blicks meine ich schon einmal gespürt zu haben. Ich bringe ihm das Glas, drücke es ihm in die Hand, eine schmale, knochige Hand, viel zu faltig für die dreißig Jahre, die der Typ vermutlich hat. Da fällt es mir ein. Das Schachbrett im Burggarten, mit den kniehohen Figuren unter einer Sonnenplane, in dessen Nähe ich als Schülerin mein Mittagsbrot aß und Fru-Fru aus einem Glas löffelte, mitgebracht aus dem Milchtrinkstüberl neben dem Souvenirladen, wo ich im Sommer für schlechtes Geld Trachtenpuppen und kitschige Polsterbezüge mit gestickten Flachweisheiten an Tourists verkaufte. Das Männchen stand bei den Spielern, die Hände vor der Hose ineinander verkrallt, fixierte mich. Immer wenn eine Figur gezogen worden war, schaute es zu mir und grinste dreckig, die Zunge im Mundwinkel. Bis ich mir eine andere Bank suchte, auf der ich während der restlichen Wochen meines Ferialjobs die Mittagspause verbrachte, ohne klebrige Blicke und leckende Zunge.

Das Früchtchen nimmt das Bier entgegen, streift mit einem Finger die meinen, ohne sich die Mühe zu machen, es absichtslos erscheinen zu lassen. Ich wende mich ab, bevor es seine Zunge in den Schaum stecken kann, der fest wie eine Kugel Eis auf der Flüssigkeit steht und geradezu danach ruft, geschleckt zu werden, von Leuten, die nicht den Anstand besitzen, das Glas manierlich an die Lippen zu setzen, das Bier in Schlucken zu trinken und sich nachher das Schaumbärtchen von der Oberlippe zu wischen. „Wart einmal, Flittchen", sagt er zu mir, die ich mich schon drei Schritte von ihm entfernt habe, und ich drehe mich um. „Wenn du für mich hackeln würdest, könntest du mehr Kohle machen als hier."

Ich schaue zu Joey. Er beobachtet die Szene von der Stufe aus, die hinter den Tresen führt, hat jedes Wort mitbekommen. Ich warte nicht ab, ob er einschreiten wird, mich in Schutz nehmen. „Trink dein Bier aus und verschwind." Ich habe mich groß vor den Tunichtgut gestellt, der mir gerade mal bis zur Nasenwurzel reicht. „Gäste wie dich brauche ich nicht." Dann gehe ich zur Schank. Joey sagt nichts.

Der Typ stellt das Glas auf den nächstbesten Tisch, der Schaum hat noch nicht Zeit gehabt zusammenzufallen, und zieht ab, ohne zu bezahlen oder die Tür zu schließen. Ich mache sie hinter ihm zu, hörbar aufatmend, und gieße das unberührte Weizen in die Abwasch, Joey sieht mir zu. „Die fünfzehn Schilling gehen auf mich", sagt er. „Dieses Zniachtl hat mich immer schon genervt."

DAS BarBier öffnet um fünf und schließt um eins. Offiziell. In Wahrheit ist es oft zwei oder halb drei, bis alle Gäste, seltener auch Gästinnen, ausgetrunken haben, zur Tür hinaus sind, der Umsatz abgerechnet ist, das Trinkgeld gezählt und alle Gläser gewaschen und verräumt. Dann bin ich meistens zu aufgedreht, um daheim ins Bett zu fallen, und kehre auf einen Absacker im Figaro zu, das bis vier offen hat. Nein, dessen Betreiber ist in seinen jungen Jahren weder Friseur noch Barbier gewesen, sondern Marketenderin.

Gestern allerdings bin ich nach der Sperrstunde direkt nach Hause gefahren und habe im Bett noch ein bisschen Musik gehört. Ich bin also nicht verkatert, habe keine zu feucht geratene lange Nacht hinter mir, und trotzdem baut sich der Tag bedrohlich vor mir auf, als ich aufwache. Zu allem Überfluss scheint auch noch die Sonne. Vielleicht hätte ich etwas Fröhlicheres auflegen sollen, aber mir ist nach Leonard Cohen gewesen. Über einem seiner anthrazitdunklen Lieder bin ich eingeschlafen. Gegen vier weckte mich ein rhythmisches Schaben. Der Plattenspieler hatte nach dem letzten Lied die Nadel nicht abgehoben und in ihre Halterung zurückgeführt, die Platte drehte sich, die Nadel hatte keine Musik mehr zum Wiedergeben. Ich hatte etwas geträumt. Von einem Fluss, den ich entlangging und der gierig an meinen Füßen leckte. Ich versuchte, die Erinnerung daran abzuschütteln und schaltete den Plattenspieler aus. Nach einer Weile schlief ich wieder ein.

Als ich wieder wach werde, lecken Sonnenstrahlen begierig an meinen Wangen. Steh auf! rufen sie, nutze den Tag! Es ist erst sieben, für mich eine nachtschlafene Zeit. Ich ziehe die Decke über den Kopf, um der penetranten Helligkeit zu entfliehen, döse noch einmal ein, aber der sonnige Sonntag lässt nicht locker. Carpe diem! brüllt er mir durch die Decke zu. Nutze den Tag! Diesen Bilderbuchtag, an dem andere ihre Ranzen packen und im Frühtau zu Berge ziehen, *fallera*. Sie *wandern ohne Sorgen, singend in den Morgen*. Ich ziehe noch einmal die Decke über den Kopf und verfluche das Lied, das in meinem Kopf wie eine steckengebliebene Schallplatte wieder und wieder abläuft.

Nach einer Weile, in der ich noch einmal eingedöst bin und von einer verlorenen Katze geträumt habe, schlage ich die Decke zurück. Vielleicht bleibt die schlechte Stimmung liegen, wenn ich nur schnell genug aus dem Bett springe. Doch im Bad wartet das düstere Monster schon auf mich und in der Küche streckt es sich zur Decke, wälzt sich auf dem Boden und macht sich auf dem Stuhl breit.

Werft ab eure Sorgen und Qual, fallera, und wandert mit uns aus dem Tal, fallera. Wir sind hinausgegangen, den Sonnenschein zu fangen, kommt mit und versucht es doch selbst einmal. Ich will es versuchen. Ich fülle eine Aluflasche mit Wasser und werfe ein paar Müsliriegel in den Rucksack. Binde mir ein Tuch um den Kopf, schnüre meine Schuhe und strecke den Rücken. Wäre doch gelacht, wenn ich es nicht schaffte, hinaus aus dem Tal, fallera, den Sonnenschein zu fangen. Ich packe meinen Ranzen, marschiere über die Straße zur Bushaltestelle und finde es wieder, das düstere Monster. Höhnisch grinsend lehnt es an dem Pfosten mit dem Fahrplan. Wo du bist, bin ich auch. Ich werfe den

Rucksack auf den Boden und lasse mich auf die Bank sinken. Ich suche den Horizont nach dem Berg ab, auf den ich gehen wollte und kann vor lauter Sonne nichts sehen. Als der Bus hält, schüttle ich den Kopf, der Fahrer schließt die Tür und fährt weiter.

Die Schicht beginne ich dann nicht mit den Stones, sondern mit Vaya Con Dios. *Something's Got a Hold on Me, Don't Cry for Louie, Heading for a Fall.* Bis fast sechs bin ich allein im Lokal, Joey schaut kurz vorbei, meint aber, das würde ich locker allein schaffen, bei diesem Wetter. Da ist nicht zu erwarten, dass man mir die Bude einrennt. Die zwei Whisky-Freundinnen kommen, die sich am Sonntagabend oft mit einem Single Malt Mut für die Woche antrinken, auch der Verlängerte, aber nur auf zwei Tassen, dann drei von den Luxemburgern, die ihre Seiterln ungewohnt langsam trinken, und später das Paar, das sich nach dem *Tatort* ein Irokesenschnittchen teilt, diese tramezzini, für die Joey in der Barszene bekannt ist. Das Rezept des Aufstrichs hält er streng geheim, serviert werden die doppellagigen, weichen Sandwiches als aufgestellte Dreiecke, deren Spitzen in Schnittlauch getunkt sind. Am Tisch bei der Tür trinkt der Schöne im feinen Tuch, dem ich gern einmal an die Wäsche gehen würde, einen Radler, während er die Zeitung liest, und an der Bar hockt der stille Braune, der immer allein hier ist. Nach dem fünften Bier fängt er zu reden an. Von den Frauen, die er walkt und knetet, tagein tagaus, wie er sich immer ihre Geschichten anhören muss, wie er verspannte Muskeln glattstreicht und dabei immer nur an eine denke, an die nette Kellnerin, an mich. Er lässt den Kopf sinken, brabbelt etwas vor sich hin, was ich nicht verstehe. Ich beginne, die Aschenbecher einzusammeln, es ist niemand mehr außer ihm im Lokal, ich würde gern zusperren, aber es ist noch nicht eins, er bettelt um ein letztes Bier, nur eines noch, dann wird er gehen, versprochen. „Ein kleines, okay?", sage ich und stelle es ihm hin. „Du bist so gut zu mir", lallt er. „Du bist so gut ... Lara ... ich liebe dich." Er reißt den Kopf hoch und schreit es mir laut entgegen, „ich liiiebe diiich, Lara!" Dann sinkt sein Kopf auf den Schanktisch. „Ich muss jetzt zusperren", sage ich und rufe ein Taxi. Der Fahrer hilft mir, den traurigen jungen Mann in den Wagen zu bugsieren, dann setze ich mich an die Bar und rauche eine Feierabendzigarette.

SONNTAGE sind mir ein Gräuel, waren es immer schon, auch als ich zur Schule ging. Sie bedeuteten, von der Schultagroutine abgeschnitten zu sein, die mir Sicherheit und Geborgenheit vermittelte, und mit meinen Eltern hinaus und hinauf zu müssen, auf Berge, auf Schipisten, an Seen, in ein Schwimmbad, oder Canasta zu spielen, bis die Karten über den Tisch flogen, weil irgendwer nicht verlieren konnte. So bin ich hinter die Bücher gekommen und habe mich so in sie vernarrt, dass ich Germanistik studieren musste. Etwas anderes kam gar nicht in Frage.

Fürs Studieren lässt mir der Job allerdings wenig Zeit. Ein Jahr, denke ich mir, ein Jahr lang mache ich ihn, höchstens eineinhalb, dann konzentriere ich mich wieder auf Seminare und Vorlesungen. Ich verdiene gut, das Trinkgeld verdoppelt locker mein offizielles Salär, vielleicht kann ich mir einen Puffer ansparen, um danach mit einer weniger zeitintensiven Arbeit das Auslangen zu finden.

Mit Joey verstehe ich mich mittlerweile blind, was auch dadurch erleichtert wird, dass die meisten Gäste Stammgäste sind und jeden Abend das Gleiche trinken. Es kommt vor, dass die Getränke schon bereitstehen, wenn ich mit der Bestellung an die Bar komme. Und ich habe auch bald heraußen, was es bedeutet, wenn einer vom Üblichen abweicht. Ein Tequila zum ersten Bier ist ein untrügliches Zeichen dafür, dass Liebeskummer im Spiel ist. Was den Abend in die Länge zieht, weil der arme Verlassene seinen Kummer nicht nur seinen Kumpanen, sondern anschließend auch dem Personal vorjammern muss. Ich mache es wie Joey, schaue mitfühlend, gebe Laute von mir, die nach Verständnis klingen und räume derweil die Bude auf. Wenn ich zusperren will, lege ich dem Armen einen Arm um die Schultern, sage, „das wird schon wieder, morgen schaut die Welt wieder anders aus" und bugsiere ihn zum Ausgang, von wo er wankend und jammernd den Heimweg antritt.

Im ersten Semester habe ich eine überraschende Entdeckung gemacht, nein, eigentlich waren es zwei. Die erste: Grammatik ist spannender als Literatur. Damit hätte ich nie gerechnet. Ich lauschte der Erklärung von Satzbauplänen mit der gleichen Begeisterung, mit der ich im Gym karierte Blätter vollgerechnet habe, während ich dem Interpretieren großer Schreibmeister wenig abgewinnen konnte, es wirkte willkürlich, politisch, subjektiv. Während sprachliche Strukturen etwas Unverrückbares, Konkretes, Objektives haben, ähnlich dem Charme mathematischer Grundgesetze. Wie sehr ich mich mit dieser Sichtweise täuschte, erlebte ich im Semester darauf, als ich im Nebenfach Mathematik inskribierte und grandios an linearer Algebra scheiterte. Deshalb korrigiere ich mich: Rechnen hatte Charme für mich, nicht die höhere Mathematik. Ähnlich erging es mir mit Latein, das ich im ersten Studienjahr nachholen musste. Ich hätte es lieben können – Überraschung Numero zwo –, wenn ich mehr Zeit dafür gehabt hätte.

So aufregend, interessant, inspirierend die ersten beiden Semester waren, so quälend öd war der Sommer, der folgte. Alle, die ich auf der Uni kennengelernt hatte, waren abgezwitschert. Sie kamen aus Südtirol, Oberösterreich, Vorarlberg oder Deutschland und verbrachten die Ferien zuhause, halfen ihren Eltern im Hotel oder auf der Alm oder knieten sich in den Dreck einer Autoproduktion, um in wenigen Wochen viel Geld zu scheffeln. Ich jobbte von Montag bis Samstag in einem Kaffeehaus, verkaufte Eis und servierte Apfelstrudel und wusste mit dem Rest der Zeit wenig anzufangen. An den lauen Abenden nach Dienstschluss setzte ich mich mit Camus oder Dostojewski in den Park und las. Noch hatte mir kein Professor geraten, für Übersetzungen keine Zeit zu haben. Der Einzige, der in Albruggen geblieben war, weil er wie ich von hier war, war Lenze.

Ich hatte mir nach dem ersten Semester eine halbe Wohnung genommen. Die andere Hälfte bewohnte ein schattenhaft huschendes Pärchen, das hauptberuflich Selbstgedrehte rauchte. Mit ihnen teilte ich den Gang und das Klo. Bad gab es keines, der Kaltwasserhahn in der Küche musste reichen. Wasser für die tägliche Katzenwäsche machte ich auf einer Herdplatte heiß, eine Dusche gönnte ich mir bei den Eltern, wenn ich dort auf Besuch war. Ich beizte Obstkisten braun und stapelte sie zu Geschirrregalen, strich die Türen mit einem matten Lack in dunklem Braunrot, das Maron hieß. Darauf notierte ich mit Tafelkreide die Dinge, die eingekauft werden mussten. Auf der Tür zur Speis hatte der eine oder andere Besuch seine Telefonnummer hingekritzelt, in der Zeit, bevor sich die sommerliche Trostlosigkeit breitgemacht hatte.

Ende Juli, als die Tage schon kürzer zu werden begannen, aber noch nichts von ihrer lähmenden Hitze eingebüßt hatten, saß ich an einem Sonntagmorgen in meinem mit Jute tapezierten Zimmer. Die Ödnis quoll eitrig aus der groben Wandbekleidung, an der ich meine Wange rieb. „Wenn deine Seele so dunkel ist wie dein Zimmer, dann gnadegott", hatte meine Mutter bei ihrem einzigen Besuch in meiner Bude gesagt und einen Rosenkranz unter den Kopfpolster geschummelt. Ich fand ihn am nächsten Morgen und verräumte ihn so gut, dass er nie mehr wieder auftauchte.

Das grobe Tuch, das meine Tränen aufsaugte, bot keine Hilfe. Der Tag ohne Stundenplan und Dienstzeiten dehnte sich wüstenhaft vor mir, und so zündete ich mir eine Zigarette an. Obwohl ich noch nicht gefrühstückt hatte. Draußen herrschte ein gnadenlos blauer Himmel, im Schwimmbad quengelten wohl Kinder, die Flusspromenade würde von Fahrrädern bevölkert sein, und für einen Berg war es zu spät. *Im Frühtau zu Berge wir zieh'n*, nicht erst in der Mittagsglut. Ich brütete über meinen Möglichkeiten. Lesen. In den Park gehen und lesen. Mich ans Ufer der All setzen und lesen. Jemanden anrufen. Eine Runde durch den Burggarten gehen. Im Schatten eines Baumes sitzen. Die Füße ins Wasser der All stellen. Keine dieser Möglichkeiten reizte mich. Ich hätte mich gern an eine Schulter gelehnt. Wo, das wäre nebensächlich gewesen.

Ich suchte mir die Schallplatte von Juliette Greco heraus, die sich schon des Öfteren als Balsam auf der Seele bewährt hatte, setzte die Nadel auf das dritte Lied, *Je hais les dimanches*. Sie sang mir aus der Seele. *Ich hasse Sonntage. Sie gebärden sich wie glückliche Tage und sind doch schlimmer als die Woche. Wenn du nur bei mir wärst, Liebling. Vielleicht könnte ich dann lieben, was ich nicht liebe.*

Lenzes Telefonnummer stand noch halbwegs leserlich auf der maron gestrichenen Speistür. Nicht, dass er mein Liebling gewesen wäre, aber er war in der Stadt. Zumindest theoretisch. Praktisch war er an einem Tag wie diesem bestimmt nicht zuhause. Niemand ist an einem Tag wie diesem zuhause. Während ich überlegte, ob ich zu ihm spazieren sollte, schellte das Telefon. Ich sprang auf, vom Glück gebissen, und hechtete in die Küche, wo der Apparat an der Wand hing. Atemlos nahm ich ab. Vielleicht war es ja Lenze. Den die gleiche Trostlosigkeit umtrieb wie mich. Oder der mich einfach sehen wollte. Doch der Anrufer war niemand, den ich kannte, sondern eine, die sich verwählt hatte. Ich legte den Hörer auf die Gabel und ging in mein Jutezimmer zurück. Der Stoff, an den ich meine Stirn legte, war rau wie zuvor.

Auf Albruggens Dichterbühel kauert die nackte Figur des literarischen Lokalhelden gekrümmt in der Wiese, in Marmor gehauen seine Verzweiflung, die ihn angepeitscht hat, Worte zu suchen und Sätze, die in die Hoffnung gekleidet waren, sein Elend zu vertreiben. Die Worte sprachen den Gesellen seiner Zeit aus der Seele, gesund wurde seine daran aber nicht. Ein schwarzer Engel, es könnte auch eine Krähe sein, hockt auf seiner Schulter, die Krallen in das zu Stein gewordene Fleisch gehauen, Schmerz verursachend für immer. Auch jenen, die die Skulptur betrachten. Eine morbide Attraktion für die Studenten der Stadt, lieblich umrahmt von roten Bänken in einer Wiese mit Margeriten und

Rotklee, Glockenblumen und Klappertöpfen, die kleine Wildnis sorgfältig gepflegt von Jüngerinnen des Poesie-Idols, dessen Werke Pflichtlektüre an Albruggens Germanistikinstitut sind. Ich mochte den Blick über die Stadt, der sich an der Seite des Dichterdenkmals auftut, mag ihn immer noch, und hatte den Hügel als Ziel unseres Spaziergangs vorgeschlagen. Ich hatte Lenze angerufen, ein paar Tage nach dem tristen Sonntag.

Wir wanderten die Serpentinen hinauf und setzten uns auf eine der roten Bänke. Ich hätte mir gewünscht, er würde seinen Arm um mich legen. Der Bann, der seit Studienbeginn über meinen Händen lag, war noch nicht gebrochen. Sie verbogen und versteckten sich, wenn ich jemanden gern berührt hätte. Auf eine Annäherung hätten sie vielleicht nicht so abweisend reagiert, aber ich bekam keine Chance, es herauszufinden. Lenze saß entspannt auf der Bank, lobte die Wahl, die ich für unseren Spaziergang getroffen hatte, und schlug vor, einmal ins Kino zu gehen. Buñuel werde bald gespielt, wusste er, *Der diskrete Charme der Bourgeoisie*. Gut, damit war also noch nicht aller Tage Abend. Vielleicht gelang es mir ja in der diskreten Schummrigkeit des Kinos, Lenze näherzukommen. Doch der Sommer verging, dann kam der Herbst, mit neuen Filmen und anderen Spazierwegen, ohne dass sich meine Hoffnung erfüllte. Wir saßen auf anderen roten Bänken, sein magerer Körper in Reichweite, und ich sehnte mich nach ihm.

IM Sommer sperrt Joey das BarBier für einen Monat zu, und ich genehmige mir einen Tripp in die Bretagne. Die wenigen Gäste, die in der Stadt sind, weil sie lernen müssen oder in Albruggen daheim sind, verbringen warme Abende lieber in Gastgärten. Damit kann das BarBier nicht dienen.

Ich fahre mit dem Zug bis Paris, nehme einen Bus in die Peripherie und stelle mich mit Rucksack und erhobenem Daumen an eine Landstraße. Meiner Mutter habe ich nur erzählt, ich würde eine Rundreise machen, von Trampen habe ich nichts gesagt. Verschweige es auch, als ich wieder zuhause bin. Ich will mir nicht einmal im Nachhinein Vorträge über die Gefährlichkeit meines Unterfangens und meine grenzenlose Naivität anhören. Obwohl ich Glück hatte, drei Bretagne-Wochen lang. Die meisten Fahrer, die mich einstiegen ließen, taten dies, um eine wehrlose junge Frau vor den bösen Franzosen zu schützen, die sich in dieser Gegend manchmal herumzutreiben scheinen. Stolz deuteten sie nach hinten, wo auf der Heckscheibe ihres Wagens das bretonische Wappen mit den elf schwarzen und elf weißen Streifen klebte, mit Hermelinschwänzen im linken oberen Eck. Manch einer schwadronierte von Unabhängigkeit, fast jeder schwärmte von Cidre und Jakobsmuscheln, und alle brachten mich unbeschadet an das Ziel, das ich ihnen genannt hatte.

ALS Erstes wollte ich nach Trébeurden, wo eine Jugendherberge sein sollte. Ich stand an einer staubigen Landstraße, an der mich ein Trucker rausgelassen hatte, der dringend zu Frau und Kind nach Hause musste. Bis zum Ort an der Küste waren es noch circa vierzig Kilometer, und das Verkehrsaufkommen war beängstigend überschaubar. Das Auto, das sich letztlich meiner erbarmte, als die Artischockenstauden schon lange Schatten warfen, war ein Renault Alpine mit Heckspoiler und sah aus, als ob es von einer Abrissbirne getätschelt worden wäre. Der Fahrer legte eine Vollbremsung hin und öffnete die Beifahrertür. Im tiefen Ausschnitt seines Blütenhemds schwang ein grobes, silbernes Kreuz. Der Beifahrersitz war erträglich unsauber, und für meine Beine schuf ich Platz, indem ich Arbeitshandschuhe und Coladosen mit dem Fuß beiseiteschob. Als ich den Gurt suchte, machte der Fahrer eine Bemüh-dich-nicht-Geste und grinste. „Der klemmt." Dann begann er zu erzählen. Dass er Fernfahrer sei, aber im Moment im Krankenstand. Ein Unfall, nichts Schlimmes, komme öfter vor. Er beugte sich über mich. Ich versteifte mich, überschlug hektisch meine Möglichkeiten. Schreien, schlagen, Handbremse ziehen, Tür aufreißen, rennen, weg, rennen. Sein Kreuz pendelte über meinem Oberschenkel, der Stoff seines Blumenärmels streifte mein Dekolletee. Ich drückte mich in den Sitz und zog alles ein, was vorne einzuziehen möglich war.

Er streckte seinen Arm und griff ins Handschuhfach. Die langen Haare seines Vokuhila kitzelten meine Oberlippe. Er stierlte eine Weile im Fach herum, bis er gefunden hatte, was er suchte. Ein Foto. Befriedigt lehnte er sich zurück und reichte es mir. Ein vollkommen zermatschtes Führerhaus. „Mein tollster Unfall", sagte er und lachte fröhlich. Nur einen Knöchel habe er sich gebrochen und ein paar blaue Flecken gehabt. Er legte seine Linke auf das Kreuz an seinem Herzen. „Ich bin ein Glückskind!", rief er und schaute mich mit blauen Strahleaugen an. Ich fragte nicht nach Schuld und Details, ich interessierte mich nur mehr für die Entfernung bis Trébeurden.

Nach dem Ortsschild bremste mein Chauffeur auf fünfzig herunter und meinte, seine Mutter hätte einen hervorragenden Cidre zuhause. Das müsse sein. Das ginge gar nicht anders. Einen Cidre dürfe man nicht ausschlagen. Affront gegen die bretonische Gastlichkeit. Ohne sich um eine Antwort zu scheren, bog er ab und rumpelte über eine Wiesenpiste auf ein steingemauertes Haus zu. Seine Mutter umarmte mich wie eine verlorene und wiedergefundene Tochter, trug Artischocken mit Zitronenbutter auf, und nach einem großen Becher Cidre chauffierte mich ihr Sohn zur Jugendherberge. Während der Fahrt machten sich bedrohliche Wolken vor der Sonne breit, die um diese Jahreszeit lange braucht, um hinter die Kimmung zu sinken, und die Schlange vor dem Anmeldetresen der Unterkunft reichte bis vor die Tür. Ich bedankte mich bei meinem Fahrer, er herzte mich, und seine strohigen Haare kitzelten zum Abschied meine Ohren. Er legte die Hand auf sein Herz und wünschte mir viel Glück. Dann wendete er seinen Renault Alpine mit quietschenden Reifen, und unter dem Spoiler stob der Staub hervor, als er sich davonmachte.

DAS Radio hatte Sturm und Regen angesagt, was auch jene eine Herberge mit festen Mauern aufsuchen ließ, die sonst gern ihr Zelt auf einem der campings municipals aufschlugen, die es in beinahe jeder Ortschaft gab. Ich reihte mich in die Warteschlange ein und fürchtete, dass es jeden Moment heißen könnte, es gäbe keine Betten mehr.

Hinter mir klick-klackte es. Ich drehte mich um. Radlerschuhe. Ein Paar ungeduldiger Radlerschuhe auf Fliesenboden. Spitze – Ferse, Spitze – Ferse. Klick – klack, klick – klack. „Hi", sagte die Stimme, die dazugehörte, ohne das Wippen zu unterbrechen. „Hi", sagte ich und wandte mich wieder zur Rezeption. Ich war an der Reihe. „Excusez-nous, Mademoiselle, wir sind voll." Mir fiel das Herz in die Hose, aber die Madame sprach weiter. „Wir können Ihnen nur ein Feldbett im großen Zelt anbieten." Bitte, gern.

Als ich meinen Schlafsack auf der Pritsche ausbreitete, wippte der Radler energiegeladen herein und warf sein Minigepäck auf das Lager neben meinem. „Ich gehe jetzt duschen. Möchten Sie nachher mit mir essen, Mademoiselle?" Die französische Höflichkeit schien abgefärbt zu haben. „Gern." Ich rechnete keinen Wimpernschlag lang damit, dass die Frage ernst gemeint war. Wer französische Duschanlagen kennt, weiß, dass dort Männlein und Weiblein nicht säuberlich getrennt sind. Ich hätte gewettet, dass sich der elastische Kerl nachher nicht mehr an die knochige Tramperin aus dem Zelt erinnern würde, die er zum Essen eingeladen hatte. Er würde eine Badenixe fescher oder eine Radlerin knackiger gefunden haben und mit ihr essen gehen.

Ich verstaute meinen Rucksack unter der Liegestatt und ging auch hinaus, schauen, was die Wolken machen. Die taten das, was vorausgesagt worden war, sie entluden sich. Genau jetzt. Mit der ganzen Wucht aufgestauter Nässe. Bis ich zurück im Zelt war, hatten sich T-Shirt und Hose mit Regen vollgesogen. Niemand drinnen, auch der Radler nicht. Ich nutzte den Moment, um mein Gewand hastig gegen trockenes auszutauschen und legte mich mit Buch und Taschenlampe auf das Bett, schlief nach einer Seite ein.

„Zeit fürs Essen. Das Gewitter ist vorbei." Er sah gut aus. In Jeans und weitem Sweater drängte sich seine pulsierende Sportlichkeit nicht so auf wie im engen Trikot und der figurbetonenden Bikerhose vorhin. „Wir gehen zu dem Laden im Ort und holen uns ein Baguette und Schinken", erklärte er. Von Fragen hielt er offensichtlich nicht viel, vom Einladen auch nicht, aber sein Vorschlag gefiel mir. Ich hätte den Abend sonst aller Voraussicht nach allein verbringen müssen.

Im Geschäft füllte er ruckzuck den Einkaufskorb, als ob er die Das-braucht-man-für-ein-Picknick-Liste auswendig gelernt hatte. Käse, Salami, Schinken, Baguette, Tomaten und eine billige Flasche Rotwein. Ich schlug eine Tafel Schokolade vor, als Nachspeise. „Okay", sagte er. „Aber vielleicht fällt uns als Dessert noch etwas Besseres ein."

Wir wanderten hinaus aus dem Ort, gingen die vom Meer verlassene Bucht entlang, in deren feuchtem Sand zwei Boote faul auf der Seite lagen, und kraxelten über scharfkantige Felsen, die in der von den Gewitterwolken befreiten untergehenden Sonne dampften. Auf einem flachen Stein legte er zwei kleine Isomatten aus. „Bitte schön, Ihre Bank. Natur pur und Abendsonne inklusive."

Die Teilmenge seines Minigepäcks, die er sich für das Picknick um die Taille geschnallt hatte, enthielt eine Reihe höchst praktischer Elemente, zusammengefasst in einem schlanken Schweizermesser. Vom Korkenzieher bis zum Zahnstocher. „Wir teilen die Rechnung zwei zu eins", sagte er, während er das Baguette in der Mitte brach. „Ich bezahle zwei Drittel, Sie eines – und die Schokolade." Ich reichte ihm einen Zehn-Franc-Schein, und er gab mir auf den Centime genau heraus.

Während wir aßen, sang er ein Loblied auf Europa im Allgemeinen und Frankreich im Speziellen. Allein die Weine! Sogar die billigsten bestens trinkbar. Woher er denn komme? Ostküste. Als ob es auf dieser großen, weiten Welt nur eine einzige Ostküste gäbe. Boston, fügte er hinzu und erzählte. Super bezahlter Job, geschmissen, mit dem Fahrrad unterwegs. Bretagne, Schweiz, Norditalien, Süddeutschland, das war der Plan. Einen langen Sommer lang, bis er – hopefully – wissen würde, was er danach mit seinem Leben anfangen wollte.

Unterdessen kam leise plätschernd das Meer zurück in die Bucht, und die ersten Sterne blitzten zwischen den hellen Punkten, die am Himmel über den Atlantik flogen. Es wurde Zeit für das Dessert. „Chocolate or sex?", fragte er und sah mich an. „You look beautiful." Damit hatte er mich an der Angel. „Beides." Nachher klärten wir die Sache mit den Namen. Seiner war George.

KURZ vor Mitternacht ist das BarBier so voll, dass ich mit dem Servieren nicht mehr nachkomme. Wohin ich schaue, wedeln Hände ungeduldig nach der Bedienung, Joey zapft Biere im Akkord, öffnet Ottakringer-Flaschen und reicht sie der nächstbesten Hand, von wo sie weitergereicht werden. Einschenken, diesen Service kann er nicht mehr bieten. Der Schweiß tropft ihm über die Nase, manchmal in den Schaum eines vollen Glases, niemand bemerkt es, er auch nicht, er hat keine Zeit dazu. Alle wollen noch schnell eine letzte Order aufgeben, denn um zwölf ist Schluss. Punkt zwölf, da fährt der Bierführer drüber. Tirol streng katholisch. Um Mitternacht beginnt der Aschermittwoch, da ist Schluss mit lustig. Ganz so streng ist Joey nicht, aber der Durst der Verkleideten scheint mit jedem Glas, das sie hinunterstürzen, größer zu werden. „Wo bleibt mein Großes?", „He, mein Wein!", „Was ist mit meinem Whisky?", „Hast du uns vergessen?", „Zwei Cola-Rum, Lara!" Ich habe keine Chance mehr. Entrückt lehne ich mich an die Wand hinter dem Tresen und lache. Kann nicht aufhören zu lachen. „Wir verdursten!", „Der Fasching ist gleich aus, bring uns noch was!" Joey stellt sich zu mir, wischt sich mit einem Geschirrtuch den Schweiß aus dem Gesicht. So einen Wahnsinn hat er noch nie erlebt, in all den Jahren nicht, seit er das BarBier hat. „Muss mit dir zu tun haben", schreit er mir ins Ohr. „Du bist heute so verboten sexy."

Das habe ich am frühen Abend schon vermutet. Die Joggerin, als die ich mich verkleidet habe, trägt eine straffe Hose, ein enges Shirt, ein Frotteestirnband, über dem ein kecker Rossschwanz wippt. „Wow!", hat sogar meine Freundin gesagt, die kurz vorbeischaute, bevor sie in die Stadt ging, wo auf der Straße getanzt wurde. Sie saß an der Bar, direkt bei der Kassa, und sprach dem Bier zu. Noch war die Bar halb leer, einige Gäste aber schon halb voll. Der neben ihr hatte ein paar Tequila intus und klopfte mir auf den Popsch, als ich mit einem Tablett an ihm vorbeiging. „Heißer Feger, du", lispelte er mit nasser Aussprache und langte noch einmal nach meinem Hintern. Er erwischte ihn nur mehr halb, aber ich hätte ihm trotzdem gern eine gezischt. Seit ich mit dem Zniachtl aufgeräumt habe, ist mir etwas derart Unverschämtes nicht mehr untergekommen. Ich verteile die Getränke auf den Tischen, gehe zurück, um zwei Portionen Irokesenschnittchen zu holen und höre meine Freundin sprechen, mit etwas schwerer Zunge schon, sie hat bereits am Nachmittag mit dem Bier begonnen, dem Po-Klopfer zugewandt. Ihr erhobener Zeigefinger übersetzt mir, was ich an ihren Worten nicht verstehe. Sie schaut streng, belehrend, sie ist ausgebildete Volksschullehrerin, weiß, wie man mit unartigen Kindern umgeht, erklärt dem frechen Buben, dass er sich zu entschuldigen habe, wolle er kein Hausverbot riskieren. Dem Lauser steht der Mund offen, ein dünner Speichelfaden hängt aus der linken Ecke, ich bleibe stehen, die beiden Teller in der Hand, das muss ich mir geben. „Man klopft der Kellnerin nicht auf den Popsch, ist das klar?" Er nickt belämmert. „Damit du dir das merkst, haue ich dir jetzt eine runter. Ist das in Ordnung?" Er nickt noch belämmerter. Die Freundin holt aus, nicht arg weit, aber doch so, dass die Hand auf seiner Wange nach Watsche klingt. „Verstehst mi?", sagt sie noch, dann nimmt sie einen großen

Schluck aus ihrer Flasche. Dem offenen Mund hat es die Rede verschlagen. Ich muss die Teller abstellen, so schüttelt mich das Lachen. „Danke, liebste Freundin", sage ich und bussle sie ab. Dann serviere ich die Irokesenschnittchen.

So beschaulich hat der Abend begonnen, so chaotisch endet er. „Sperrstunde!", ruft Joey, „alle zahlen bitte, das Bier ist aus". Lautes Murren, gedämpftes Fluchen, es hält ihn nicht davon ab, einen Gast nach dem anderen abzukassieren. Wie viele ungeschoren davonkommen, weil sie im Gewirr von Mantelsuchen und Jackeanziehen unbemerkt das Lokal verlassen können, wissen Joey und ich beide nicht.

Am Morgen brummt mein Kopf, ich stütze ihn in meine Hände, sitze in der letzten Bank. Punkt acht. Lineare Algebra. Die Mathematik kennt kein Pardon. Auch nicht an einem Aschermittwoch. Vorne an der Tafel, am Limes meiner Wahrnehmung, brabbelt der Professor etwas von einem Cosinus und einer Sinushyperbolicus. Ich schließe meine Augen, setze mir ein x auf den Kopf und addiere mich mit einem zweiten e, dann teile ich die Summe durch zwei. Denn heuer gehe ich im Fasching als Cosinushyperbolicus. Im Bar-Bier ordere ich einen Laphroaig und sehe mich nach einer Sinus um. Hinter der Schank beginnen die Flaschen zu tanzen. Heben sich vom gläsernen Bord, schwirren durch die Luft und werden milkablau. Ihr Tanz wird ruhiger, sie bilden eine Folge, und mir wird klar: Sie bemühen sich um Konvergenz. Schnell haben sie heraus, welche Richtung sie dafür einschlagen müssen, und weg sind sie. Ich kippe noch einen Whisky, denn Schwindel hat mich erfasst, dann gehe ich auch. Aber ich komme nicht hinaus. Wohin ich mich auch wende, ich laufe gegen Wände. Links eine, rechts eine. Eine Matrix hält mich gefangen! Ich stoße mir den Kopf blutig, das x tropft von meiner Stirn, mein Divisor geht in die Knie, das Plus wird zum Minus und ich erwache stöhnend. Der Professor beendet die Vorlesung, der Tutor wischt meine Formel von der Tafel, und jetzt fällt es mir auf: Ich hätte nach oben fliehen können – dort ist die Matrix offen.

Ich öffne die Mappe mit der Mitschrift aus den wenigen Stunden, die ich mit linearer Algebra verbracht habe, und notiere eine für mich wesentliche Erkenntnis. Lineare Algebra macht mich total verrückt, q. e. d. Das ist das Ende meiner Karriere als Mathematikerin.

DIE französische Gepflogenheit, Weiblein und Männlein in Sanitäranlagen nicht zu trennen, ist mir seit meinem ersten Aufenthalt in der Bretagne vertraut. Am Anfang war ich verunsichert. War in einem Café nichtsahnend pinkeln gegangen und kam an den Pissoirs vorbei. Zuerst glaubte ich, etwas übersehen zu haben, aber nein, in Frankreich gab es keine Damen- und Herrenklos, nur Klos. Ich gewöhnte mich schnell daran. Mit den Duschen auf Campingplätzen tat ich mir schwerer. Gemeinschaftlich nackt unter der Brause zu stehen, war mir schon in weiblicher Gesellschaft ein Gräuel, im Turnunterricht hatte ich mich immer davor gedrückt, aber mit dem Risiko, von einem nackten männlichen Wesen überrascht zu werden, wurde der Gräuel zum Grauen. Ich zog es vor, mich mit einem Waschlappen schnell unter den Armen und zwischen den Beinen abzuwischen, um das Risiko zu minimieren. Das geht auch halbwegs angezogen.

Im Sommer nach der Matura hatte ich in Trestrignel als Aupair angeheuert, einem anderen kleinen Ort an der bretonischen Nordküste, nicht weit von Trébeurden entfernt, wo ich später George den Radler kennenlernte. Ich reiste Mitte Juli an, einen Tag nach dem französischen Nationalfeiertag, an dem auch die Familie aus Lyon mit ihren drei Kindern bei den Großeltern eintraf, um dort ihren Urlaub zu verbringen. Die Kinder waren sechs, fünf und drei Jahre alt, das vierte unterwegs, und die Eltern wollten Zeit fürs Tennisspielen und Windsurfen haben.

Der Job war leicht, nachdem sich mein Mund daran gewöhnt hatte, französische Laute zu bilden und der Muskelkater in den Sprechwerkzeugen vergangen war. Ich musste die

Kinder morgens strandklar machen, mit ihnen den Tag am Meer verbringen, sie mittags mit Schokolade-Sandwiches füttern und sie am Abend gewaschen und langärmlig zum großen Esstisch im Salon führen, die zwei Jungs in Hosen, la petite demoiselle im Röckchen. Ab da übernahm die Familie. Grand-mère, die den Tag über gekocht hatte, trug eine Köstlichkeit nach der anderen auf, grand-père saß in einem Fauteuil mit zwei Kindern auf den Knien und einem auf der Schulter und hörte sich die Sand- oder Schneckenabenteuer des Tages an. Die Eltern diskutierten die Qualität ihrer Tennismatches, und oft war entferntere, halbwüchsige Verwandtschaft dabei, die begeistert bretonische Fischsuppe aus der Terrine schöpfte oder mir zeigte, wie man mit der Hummerschere umging. Wenn die Kinder im Bett waren, begann der Erwachsenenabend im Kaminzimmer. Man stand dekorativ herum, nippte an einem Calvados oder tunkte Zuckerwürfel in starken Kaffee und zog an einem Zigarillo oder einer Zigarette.

An einem dieser Abende erzählte eine Verwandte – Schwester, Schwägerin, Cousine? Von wem? Ich hatte längst den Überblick über die zahlreichen Äste des Stammbaums verloren –, dass der erwartete Besuch bei ihnen auf dem Hügel oben eingetroffen sei, ein junger Mann aus Österreich. Er war im Gästezimmer unter dem Dach einquartiert worden und hatte sich schon am ersten Morgen bei den Kindern unbeliebt gemacht. „Um neun", erzählte die Schwester/Schwägerin/ Cousine, „haben die Kleinen ein bisschen Radau gemacht, um sich vor dem Zähneputzen zu drücken, da hat er die Tür seines Zimmers aufgerissen und lautstark Silentio!

heruntergeschrien. Silentio!! Ist der ein Römer oder was?"
Sie verrollte die Augen. „Hat Stil, der junge Mann", meinte
der Großvater belustigt. „Die alten Männer in seiner Familie
sind alle Universitätsprofessoren. Die reden beim Frühstück
wahrscheinlich schon lateinisch. Aber für Lara zählt doch,
dass er aus demselben Land kommt wie sie. Wir stellen euch
einander in den nächsten Tagen vor."

Der Bursch war schlaksig und mit großem Humor gesegnet.
Wir trafen uns ab und zu, um bei abendlichen Spaziergängen
auf Deutsch zu plaudern und unsere Münder von der Anstrengung des Französischen zu entspannen. So auch an dem
Tag, an dem ich achtzehn wurde. Grand-mère hatte einen
Kuchen gebacken, im Kaminzimmer stieß man auf mein
Wohl an, dann spazierte ich hinunter zum Strand. Wir wollten uns beim Sprungturm treffen, der um diese Zeit im Trockenen stand. Die Flut würde erst gegen Mitternacht herein-
kommen.

Er kam zu spät und wirkte abgehetzt. Sie, die Eltern im
Schwester/Schwägerin/Cousine-Haushalt, hatten ihn ins
Kino geschleppt, er hatte sich nach der Hälfte davongesto-
len. Wir kletterten die Felsen am Ende der Bucht hinauf und
setzten uns. Der Abend war mild, der Wind zärtlich und die
Sterne zahlreich. Wir rauchten miteinander eine Zigarette,
und kurz nach Mitternacht waren wir wieder bei unseren jeweiligen Familien.

Au-pair-Vater und Mutter sprangen vom Wohnzimmertisch
auf, als sie mich eintreten hörten. „Wo waren Sie?! Was haben Sie mit dem Jungen gemacht?" Sie standen in der Tür

zum Flur und sahen zu, wie ich meine sandigen Schuhe auszog und sie auf den Abstreifer unter der Garderobe stellte. „Wir waren am Strand spazieren", sagte ich und drückte meine gehäkelte Umhängetasche schützend vor die Brust, „warum fragen Sie?" Die Schwester/Schwägerin/Cousine habe sich Sorgen gemacht, wurde mir erklärt, der Bub sei wortlos aus dem Kino verschwunden und um zehn nicht zuhause gewesen. „Er ist erst fünfzehn!" Die Frau schrie. „Und Sie sind heute volljährig geworden! Das ist strafbar." Ihre Stimme überschlug sich. Worin genau die strafbare Tat bestand, verrieten sie mir nicht, hilflos schaute ich von der Anklägerin zu ihrem Mann, hoffte auf eine Erklärung. Gab es ein Gesetz, das es erst Sechzehn- oder Achtzehnjährigen erlaubt, bis Mitternacht auszubleiben? „Was haben Sie mit dem jungen Mann gemacht?", fragte nun auch der Vater, weniger aufgeregt. „Wir sind auf die Felsen geklettert und … und …" Vier Augen richteten ihre Pfeile auf mich, nur die Wahrheit konnte mich vor der Durchbohrung retten. „Und haben eine Zigarette geraucht." Es war heraus, ich hatte gestanden. Ich hatte einen Fünfzehnjährigen zu einer Zigarette verführt. Mit gesenktem Kopf, die Tasche inbrünstig umklammernd, erwartete ich das Urteil. „Sonst nichts?" Die Anklägerin schrie nicht mehr. „Sonst nichts." Ich hob den Blick, sah Stirnrunzeln und wie sich die beiden anschauten. „Schwören Sie?", fragte der Mann. „Schwören Sie!", verlangte die Frau.

Ich schwor. Auf meine eigene Unschuld und die des Buben. Der reiste bald darauf ab, und die Urlaubsroutine mit Strand und Schokolade-Sandwiches nahm wieder ihren unaufgeregten Lauf.

MITTE August kehrte auch ich nach Hause zurück und jobbte noch in einem Hotel. Das Studienjahr begann erst im Oktober, und Geld brauchte ich dringend. Das Hotel war weit ab vom Schuss, tief hinten in einem Tal, wo nur mehr Bergnarrische nächtigen, und ich diente als Mädchen für alles. Polierte Besteck, machte Zimmer, schälte Kartoffeln, schrubbte rußige Pfannen, alles zusammen locker zwölf Stunden am Tag, was mir komplett schnuppe war, schnepf, wie man dort sagte, denn außer einem gelegentlichen Hoagascht mit dem Pferdeknecht gab es kein Unterhaltungsprogramm.

An meinem einzigen freien Tag besuchte mich eine Freundin. Sie hatte ihren Freund mit, und der einen Freund. Wir bestiegen einen mittelhohen Berg, jausneten Landjäger und Schwarzbrot auf einem großen Felsbrocken, von dem wir unsere Beine baumeln ließen, und wurden vom Regen überrascht. Die Jungs schauten einander an, grinsten einvernehmlich und steuerten auf einen Heustadel zu. Meine Freundin war begeistert, schnappte sich die Hand ihres Lovers und kletterte mit ihm über das Heu ganz nach hinten. Ich blieb unschlüssig draußen stehen, unter dem schmalen Vordach, während sich der Freund des Lovers genüsslich in den Haufen aus trockenem Gras fallen ließ. Mir blieb nichts anderes übrig, als mich zu ihm zu setzen. Hinten im Stadel wurde das Lachen leiser und ein rhythmisches Knistern lauter. Die werden doch nicht?! Ich versuchte wegzuhören, der Bursch versuchte meine Jacke aufzuknöpfen. „Ich habe noch nie", sagte ich. Er stutzte, dann machte er mit den Knöpfen weiter. Ich schlüpfte aus den Ärmeln meiner Jacke, er schob eine Hand unter mein Leiberl und begann, an meinen

Nippeln herumzufuhrwerken. Es hatte einen ähnlichen Effekt auf mich wie das Pieksen des trockenen Grases in meinem Nacken. Dann öffnete er den Reißverschluss meiner Hose und ließ seine Finger unter meinen Slip krabbeln. Ich lag da und wartete auf ein Gefühl. Wenn ich in kalten Nächten die Wärmflasche zwischen die Schenkel klemmte, regte sich mehr. Nach einer Weile, die mir lang vorgekommen war, gab er auf, zog den Zipp meiner Hose hoch und setzte sich auf. „Machst du es dir manchmal selber?", fragte er. Ich hatte keine Ahnung, wovon die Rede war. „Hast du schon einmal einen Orgasmus gehabt?", präzisierte er. Ich zog mein T-Shirt über den Bauch und stopfte es in die Hose. „Wenn du schon mal gekommen wärst, wüsstest du es. Ich an deiner Stelle würde daheim üben."

Den Rest des Abends war ich auf der Hotelwiese damit beschäftigt, stupfendes Heu aus meiner Wolljacke zu zupfen. Im Bett legte ich dann die Hände zwischen meine Schenkel. Jetzt, wo sie ein Forschungsziel hatten, ließ ich meine Finger tun, was ihnen beliebte. Sie stellten sich gar nicht ungeschickt an.

Das brachte mich auf den Geschmack. Ich konnte Wellen hervorrufen, die eine Weile sanft dahinrollten und sich dann auftürmten, überschlugen und schließlich brachen. Dann lag ich nachbebend unter meiner Decke und fragte mich, warum ich nicht schon längst auf die Idee gekommen war. Die Klosterschule allein konnte daran nicht schuld sein, meine Banknachbarin war kurz vor der Matura schwanger geworden, „endlich". Sie hätten schon seit zwei Jahren gebastelt. Und ich lernte erst mit achtzehn, Hand an mich zu legen.

Wunder war das keines, denn alles, was ich in dem Zusammenhang wusste, war nur angelesen, von der Nachhilfestunde im Heu einmal abgesehen. Die zentrale Quelle war ein Buch gewesen, das mir Mutter geschenkt hatte, als ich das erste Mal Besuch von der Tante bekam. So nannte sie die roten Flecken, die ich eines Abends in meiner Unterhose vorfand. Sie empfahl mir, eine dicke Lage Watte in die Hose zu stopfen, denn das Blut werde in den nächsten Tagen stärker fließen. Ich war vierzehn, und das große Buch für junge Mädchen war für Zwölf- bis Sechzehnjährige gedacht. Hätte sie es mir nicht zu meinem zwölften Geburtstag schenken können? Aber Schwamm darüber. Es enthielt eine Reihe nützlicher, weil praktischer Hinweise. In der Phase des Erkundens meiner Fingerfertigkeit las ich es noch einmal und stellte fest, dass ich vieles nicht mitbekommen hatte, damals, mit vierzehn, als mich nur das Blut beschäftigte, das aus mir rann. Da war die Rede von einer Stelle, tief versteckt in meinem Inneren, die angeblich noch höhere Wellen auslösen konnte als das Gerubbel auf dem Kitzler, der gar nicht kitzlig war, sondern Quelle ergötzlicher Empfindungen. Und mir wurde geraten, nichts in meine Scheide zu stecken, was ich nicht auch in den Mund nehmen würde. Ein Ratschlag, der mich auf die Idee mit den Karotten brachte. Nach jedem Einkauf legte ich eine auf die Seite, eine mit abgerundeter Spitze und durchschnittlicher Dicke. Die bewahrte ich bei Zimmertemperatur auf, bis ich wieder Lust hatte, auf Forschungsreise in meinen Körper zu gehen.

JETZT, nach dem zweiten Studienjahr, verbreiten sonnige Sonntage keine Ödnis mehr. Studienkolleginnen und Kollegen reisen nicht mehr nach Hause, sondern brüten über Seminararbeiten, wie ich es auch tue, miteinander gönnen wir uns zwischendurch einen Jazzbrunch oder einen Spaziergang zum Dichterbühel, trinken nachher Tee mit Milch und beißen uns durch selbstgebackenes Brot.

George, der Radler aus Trébeurden und ich sind in Kontakt geblieben. Wir schreiben einander Briefe auf federleichtem Luftpostpapier, in Kuverts mit einem blau-weiß-roten Rand, der mich an Frankreich denken lässt. Ich mühe mich, seine Handschrift zu entziffern und schlage mich mit dem Englischwörterbuch herum, dem großen, zwei Kilo schweren, mit den zweitausendundeinsiebzig Seiten, um zu verstehen, was er meint. Vermutlich brauche ich zehnmal länger, seine Briefe zu lesen, als er daran geschrieben hat. Ich solle ihn doch besuchen kommen, meint er, Boston sei sehr europäisch, es würde mir bestimmt gefallen.

Nach dem Picknick und dem unbequemen Sex auf den Felsen von Trébeurden haben wir gemeinsam getrennt die bretonische Halbinsel bereist, ich per Autostopp, er mit dem Rennrad. Wir vereinbarten täglich eine Uhrzeit, zu der wir uns bei der mairie treffen würden. Ein Rathaus oder Gemeindeamt gibt es schließlich in jedem noch so kleinen Ort, sodass wir keine Sorge hatten, einander zu verfehlen. Wir suchten gemeinsam eine Unterkunft für die Nacht, meistens auf einem camping municipal, wo George sein Ein-Mann-Zelt aufstellte und ich mich an seinen kantigen

Körper schmiegte. Die Abende glichen unserem ersten, Picknick mit Aussicht, zweimal gingen wir essen. Beide Male in einem Hotel, wo es neben Toiletten auch Duschen gab, George war da sehr findig. Nach der Mahlzeit huschten wir einzeln hinein, schrubbten uns Meersalz, Schweiß und Sand von der Haut und kehrten in unser Zelt zurück. Ein einziges Mal zeigte er sich großzügig, lud mich ein, auf eine Nacht in einem französischen Bett mit einer Tuchent aus Baumwollsatin, und ausgerechnet dort, ausgerechnet in jener Nacht, bekam ich Regelschmerzen. „Besuch der Tante", erklärte ich George, als ich mich trotz weicher Unterlage seiner Annäherung entzog, und musste ihm dann in meinem holprigen Englisch erklären, was das hieß.

Jetzt erzähle ich ihm in meinen Briefen Schnurren aus meinem BarBier-Leben, sehr kurz gefasst, immer das schwere Wörterbuch in Reichweite. Zum Beispiel über skurrile Gäste wie den Verlängerten. Ich nenne ihn so, weil er Abende lang am kleinen Tisch neben der Schank sitzt und eine Tasse nach der anderen trinkt, manchmal bis zu zehn Verlängerte hintereinander. „Warum?", habe ich ihn in einem Moment unprofessioneller Direktheit gefragt. „Epilepsie", hat er geantwortet, er darf keinen Alkohol. Vielleicht habe ich erschrocken geschaut, denn er versichert mir lachend, dass er gut eingestellt sei, ich müsse keine Angst haben, dass er sich auf dem Boden krümmt, mit Schaum vor dem Mund.

Oder von den vier Typen, die nächtelang programmieren und um halb elf zu einem späten Abendessen herkommen. Außer Irokesenschnittchen haben wir noch Schinkensandwiches im Angebot und Pizza aus der Tiefkühltruhe sowie den unvermeidlichen Schinken-Käse-Toast. Ohne den kommt kaum eine Bar aus. Eine magere Auswahl, gewiss, aber die meisten Gäste nehmen ihre Kalorien bei uns in flüssiger Form zu sich. Ein paar Zahntechniker gehören auch zu den Stammkunden, Charly mit der betörenden Stimme ist einer davon. Den erwähne ich gegenüber George nicht.

Da schildere ich ihm lieber das Aufkreuzen eines tibetischen Mönchs. Der in seiner gelb-roten Robe ein Glas Sauvignon Blanc bestellte und mit seinem erleuchteten Lächeln und den wachen Augen etwas schaffte, was keinem anderem Gast je gelungen ist: Ich stotterte, wurde rot, zitterte den Wein zu seinem Tisch und stellte die Frage nicht, die mir auf der Zunge brannte: Was führt einen religiösen Meister in eine schummrige, rauchvernebelte Bar? In der Nacht darauf träumte ich von einem tibetischen Kloster, wo der exotische, rätselhafte, stille Gast vor manns- und weibshohen Buddhastatuen im Lotussitz auf Pölstern thront und Mantras murmelt, den Oberkörper sanft vor- und zurückschwingend. Die weiblichen Figuren hinter ihm zeigen entblößte Brüste, zertreten Schlangen, die männlichen haben vier Arme. Den Traum behalte ich für mich. Er ist mir mit seinen religiösen Symbolen zu intim. So gut kenne ich George nun auch wieder nicht.

SEX for one war mir auf Dauer zu wenig. Im Hinterstübchen meines Kopfes fing etwas an, nach demjenigen Ausschau zu halten, dem ich zutrauen würde, mich in das Geheimnis zwischenmenschlicher Sexualität einzuweihen. An der Uni würde das ein Leichtes sein, stellte ich mir vor. Und tatsächlich. Im Oktober war die Welt plötzlich voller junger Männer. Zumindest erschien mir das so, denn statistisch gesehen war die Germanistik eine Frauendomäne. Aber nach zwölf Jahren Mädchenschule war ich von der Auswahl begeistert. Und sie schüchterte mich total ein. Mir fehlte ja jede Übung. Wenn mich unter einem Seminartisch ein Fuß versehentlich streifte, zuckte ich zusammen, wenn mich ein Kollege am Arm nahm, entwand ich mich ihm schnell. Ich konnte übers Deklinieren und Konjugieren reden, wusste bald über Georg Trakl Bescheid und zitierte Arthur Schnitzler, aber wenn ich einen Blick auffing, der nichts mit Grammatik oder Literatur zu tun hatte, erstarrte mein Körper. Gern hätte ich den einen oder anderen Kollegen einmal berührt, eine Hand auf eine Hand gelegt oder ein Knie, aber meine Hände spielten nicht mit. Sie schmiegten sich an meinen eigenen Leib, sobald dieser Gedanke auftauchte, suchten Schutz dort, wo sie sich auskannten, in den Taschen eines Blazers, in der Verschränkung vor der Brust oder zwischen meinen übereinandergeschlagenen Beinen. Ich sah zu, wie sich am Institut die ersten Paare bildeten und hatte keine Ahnung, wie ich mir Zugang zu dieser Welt verschaffen konnte.

Nach einem Besuch bei einer Verwandten in Füssen stand ich wieder einmal an einer Landstraße und hielt den

Daumen raus. Der Nachmittag war schon fortgeschritten. Wenn ich vor der Nacht daheim sein wollte, durfte ich nicht wählerisch sein. Trotzdem zögerte ich, in das Auto einzusteigen, das endlich anhielt. Der Mann hinter dem Steuer wirkte wie eine dunkle Wolke. Aber vielleicht lag das auch nur am Kontrast der vierschrötigen Gestalt zur pinken Ente, die da vor mir stand. Er nannte Albruggen als sein Ziel, das gab den Ausschlag, ich stieg ein. Ich würde nicht in der Abenddämmerung noch einmal am Straßenrand stehen und auf einen Anhalter warten müssen.

Er saß konzentriert hinter dem Lenkrad, die Hände auf zehn nach zehn gelegt, wie man es in der Fahrschule lernt, fragte mich, woher ich komme, ob ich lang gewartet hätte, dann versiegte das Gespräch. Ich weiß gar nicht mehr, warum ich bei dieser Tante gewesen bin, weiß nicht einmal, auf welche Art wir verwandt waren, irgendeinen Bezug zu meinem verstorbenen Großvater hat es gegeben. Aber die Biedermeierlichkeit des Salons, in dem wir steif auf tiefen Fauteuils gesessen sind, sehe ich noch vor mir. Wir hatten Kaffee mit Schlagsahne aus Blümchentassen getrunken und Streuselkuchen gegessen, sie hatte mein Knie getätschelt und mich Schätzchen genannt. Gegen die falsche Süßlichkeit der Tante mit ihren bestickten Kissen wirkte die herbe Ausstrahlung des Fahrers geradezu erfrischend.

Auf halber Strecke schlug er eine Kaffeepause vor. Ich nutzte sie, um ihn ein bisschen auszufragen. Wirtschaft studierte er, Volkswirtschaft, und er besuchte jedes zweite Wochenende seine schon sehr alten Eltern. Am Ende wagte ich auch die Frage nach dem Auto. Nicht sehr diplomatisch, darin war ich nicht gut. Wie kommt ein Typ wie du dazu, eine pinke Ente zu fahren? Er nahm mir die Frage nicht übel, fragte nicht, was ich mit „ein Typ wie du" meinte, im Gegenteil. Der undurchdringliche Nebel, in den er eingehüllt war und der im Auto wie eine dunkle Wolke gewirkt hatte, wurde lichter. „Ich bin ein Spinner", sagte er. Der Wagen hatte seiner Schwester gehört, die sich als junge Frau vor einen Zug geworfen hatte. Es schien ihm gut zu tun, das zu erzählen. Normalerweise beschönige er die Geschichte, vertraute er mir an, erfand einen Unfall oder einen plötzlichen Herztod. Aber weil ich so direkt sei, traue er sich auch, direkt zu sein. Der Mechaniker, der ihm das Pickerl machte, hatte gemeint, pink sei schon eine verdammt schwule Farbe und vorgeschlagen, die Ente mit einer anderen Farbe zu lackieren. Da habe er sich den Motor eines Landrovers einbauen lassen, grad extra. „Ein 2CV mit hundert PS. Ist doch ein schönes Paradoxon, nicht?" Jetzt erst fiel mir auf, dass der Motor eigenartig geklungen hatte, nicht so, wie ich ihn von anderen Enten kannte. Aber ich war ja noch nie in einer mitgefahren.

Während er sprach, musterte ich ihn. Alles an ihm war dunkel. Seine Haare, die Muttermale auf dem Handrücken und der rechten Schläfe. Wenn er schwieg, zog wieder die Wolke auf, und er schien sich von mir zu entfernen. Aber wenn ich ihm eine Frage stellte, kam er wieder zurück. Etwas an diesem Schatten auf seinem Gemüt war mir vertraut, ich wusste nicht woher, aber es schreckte mich nicht ab, schüchterte mich bei weitem nicht so ein wie die helle

Unbeschwertheit der Jungs an der Uni, neben denen mein Mut versagte.

Er brachte mich sicher nach Hause, bei Einbruch der Dunkelheit, und fragte nach meiner Telefonnummer. In diesem Moment entschied ich, der ist es.

Wir tranken Kaffee in der Mensa, dann schwarzen Tee mit Milch in meiner Küche, er mochte die englische Lebensart, M. C. Escher und *Per Anhalter durch die Galaxis*. Seine Zigaretten rollte er sich in einem Maschinchen, in das er auch einen Filter steckte. Es war schon weit nach Mitternacht, als er fragte, ob wir nicht nach nebenan gehen sollten. Er faltete sein Gewand zusammen und stapelte es auf dem Stuhl neben dem Bett, ich zog mich hastig aus und wartete unter der Bettdecke auf ihn. „Tut es dir immer so weh?", fragte er nachher. „Das war mein erstes Mal." Er wunderte sich, dass kein Blut auf dem Leintuch war, und ich hatte keine Erklärung dafür. Die nächsten Male schmerzte es nicht mehr so, aber süchtig wurde ich nicht danach. Der Schatten, der ihn umgab, verdunkelte bald auch meine Stimmung und wurde mir unerträglich. So wenig diplomatisch, wie es begonnen hatte, beendete ich es auch. „Ich liebe dich nicht", sagte ich. Traurig und stumm drehte er sich noch eine Zigarette, dann ging er.

DIE Osterferien bieten sich an, Georges Einladung anzunehmen und für zwei Wochen nach Boston zu fliegen. Joey wird so lange zurechtkommen.

Die erste Herausforderung ist, einen Flug zu finden, der zu meinen Finanzen passt. Das Ersparte soll nicht für eine Eskapade draufgehen, von der ich mir nicht allzu viel erwarte. Amerika im Allgemeinen und die USA im Besonderen haben mich noch nie sonderlich gereizt, und George – na ja.

Der Millionärssohn kommt nicht auf die Idee, mir für das Flugticket etwas dreinzuzahlen. Ich buche also den billigsten Flug, der zu ergattern ist, mit Loftleidir von Luxemburg aus, Zwischenstopp in Rekjavik. Als ich einen Zug suche, der mich zum Flughafen bringen soll, fällt mir die Lade runter. Es gibt genau eine Verbindung pro Tag, und die Fahrt dauert vierzehn Stunden. Das bedeutet: am Vortag anreisen und irgendwo übernachten. Damit habe ich nicht gerechnet. Wenn ich mir ein Hotelzimmer nehmen muss, hätte ich gleich mit Swissair fliegen können, wie George es getan hat, bequem mit einer Propellermaschine nach Zürich und von dort nonstop nach Massachusetts. Naja, vielleicht nicht gerade mit der teuren Schweizer Fluglinie. Aber einfacher hätte ich es haben können, wenn ich beim Flugticket nicht so geknausert hätte.

Nach der Hiobsbotschaft der Zugauskunft zieht sich mein Dienst im BarBier, die Gäste tröpfeln einzeln herein und gehen nach einem stummen Bier wieder ihrer Wege. Ich habe Zeit, mir mein Problem großzureden und meine Knausrigkeit zu verfluchen. Wofür habe ich denn mein ganzes

Trinkgeld gespart, verdammt noch mal? Damit du dich bald ganz auf dein Studium konzentrieren kannst, Lara. Wenn ich dich erinnern darf. Ich wische den besserwisserischen Einwand meines vernünftigeren Ichs weg und poliere Weingläser, leere Aschenbecher, in denen gerade mal ein Stummel liegt, falte aus liegengebliebenen Kassabons Papierschiffchen und flehe die Zeiger der Uhr an, doch endlich auf eins vorzurücken. Es kommt, wie es wohl kommen muss. Um halb eins fällt der Heuschreckenschwarm ein, jene Studenten, die immer zu zehnt oder elft so spät aufkreuzen und kleine Biere im Akkord ordern.

Heute wird der Überfall zu meiner Rettung. Die Heuschrecken sind nämlich allesamt Luxemburger. Einem von ihnen haben Joey und ich den Spitznamen Abt gegeben. Er trinkt als Einziger Wein, weißen, ist knochig wie ein Bettelmönch, seine Haare stehen in einer Tonsur um seinen erweiterten Scheitel und er trägt stets ein streng geschlossenes schwarzes Stehkragenhemd. Wenn er Weinnachschub braucht, wedelt er nicht wie die anderen wild mit einer Hand, sondern wartet den Moment ab, in dem ich zu ihm hinschaue, und klopft mit dem Zeigefinger auf sein Glas.

Als ich ihm sein zweites bringe, schnappe ich einen Gesprächsfetzen auf. „Osterferien" höre ich, und „heimfahren". „Du fährst zu Ostern nach Hause?", frage ich. Er nickt. „Wann?" Ich muss schreien. „Am Sechsundzwanzigsten", schreit er zurück. Mein Flieger geht am Siebenundzwanzigsten. Ich würde ihm am liebsten um den Hals fallen. „Könntest du mich mitnehmen?" Er überlegt und zieht mich am Ellbogen weg vom Lärm. „Wir sind zu viert. Das ginge sich aus. Mein Wagen hat fünf Sitze." Ich gebe Joey ein Zeichen und gehe mit dem Abt vor die Tür, wo ich ihm ohne das Heuschreckenkonzert meine Lage erklären kann. Er hört mir andächtig zu und hat auch auf die Übernachtungsfrage eine Antwort. Bei ihm zuhause ist Platz. Ich falle ihm um den Hals.

DAS Luxemburger Haus ist in erster Linie ein spitzes, steiles Dach. Darunter hat jemand – vermutlich ein Trupp Heinzelmännchen – eine Küche und ein Wohnzimmer hingezimmert. Hier wird der Abt schlafen, während ich im elterlichen Schlafzimmer unter der Dachschräge unterkommen kann. Die Alten – aus der Perspektive meiner 22 Jahre können Vater und Mutter eines Studenten nur alt sein, was sonst? – sind verreist. Mein Gastgeber trägt mir den Rucksack über eine Hennenleiter in die Dachstube und wünscht eine gute Nacht. Am Morgen serviert er Toasts und Kaffee und fährt mich zum Flughafen. Ob er mich auch wieder abholen kann und nach Albruggen mitnehmen, muss er offenlassen. Zu seinem Bedauern, wie er sagt. Seine Freunde wollen einen Tag früher zurückfahren, als ich in Luxemburg landen werde.

Ich besteige zum ersten Mal ein Flugzeug und bin äußerst gespannt, ob das Teil tatsächlich abheben wird. Da ist dieser seit Jahren wiederkehrende Traum, in dem ich in einem Jet sitze, angeschnallt und bereit für eine große Reise. Die Treppen der Maschine werden eingezogen, die Türen geschlossen, und der eiserne Vogel beginnt über das Startfeld zu rollen. Und hört nicht mehr auf zu rollen. Er rollt über das Startfeld hinaus, über Äcker und Straßen und letztendlich auf die Autobahn. Pkws und Lkws flitzen unter seinen Tragflächen durch, und er macht keine Anstalten abzuheben. Nachdem wir eine Weile gefahren sind, wache ich auf. Es ist kein Albtraum, ich vermisse nur sehnlich das Gefühl des Abhebens, dieses Moments, in dem sich das schwere Riesending vom Boden trennt und in die Luft steigt, leicht wird, alles unter sich lassend, was ich kenne, mit dem ich vertraut bin.

Als die Maschine zu rollen beginnt, sitze ich aufrecht in meinem Sitz, die Augen geschlossen, und bete, dass der Traum nicht wahr werden möge. Dass wir entgegen aller traumhaften Wahrscheinlichkeit doch abheben werden. Das Gebet ist kurz und wird erhört. Der eiserne Vogel reckt seinen Schnabel in die Höhe, eine starke Kraft drückt mich in die Rückenlehne, und dann ist der Moment da, den ich mir so gewünscht habe. Der Vogel hebt ab, zieht seine Füße ein, und alles wird märchenhaft leicht. Als ich die Augen wieder öffne, sind wir schon über den Wolken, die locker auf einer Landschaft aus Flächen und Strichen hocken und bald von einem Spiegel dunklen Wassers abgelöst werden.

George holt mich mit einem Pickup-Truck vom Flughafen ab, und wir fahren in die Pampa. Die town, wie er die Ortschaft nennt, in der er wohnt, ist ein Vorort von Boston, sein Haus liegt idyllisch am Rand eines lichten Wäldchens und ist eines der bescheideneren in dieser Gegend, die von Sprösslingen jungen Geldadels bewohnt wird. Bäckerei, Zeitungsladen, Supermarkt und Apotheke sind nur mit dem Auto zu erreichen oder, wie es George macht, mit einem halbstündigen Ritt auf dem Fahrrad. Die Straße dorthin ist mit Schlaglöchern übersät, denen er akrobatisch ausweicht, wie ich am ersten Morgen beobachte, als er sich für Croissants in den Sattel schwingt. „We have a french bakery", hat er stolz gesagt. Ich vertreibe mir die Zeit mit Rauchen und stelle entsetzt fest, dass mein Zigarettenvorrat keine zwei Tage reichen wird.

Die Sache mit den Schlaglöchern erklärt er mir beim Frühstück. Sie war die Erfindung der reichen suburbaners in der Nachbarschaft, die sich vom Durchzugsverkehr gestört fühlten. Zu viele Nicht-hier-Heimische haben den Weg zwischen den herrschaftlichen Villen als Abkürzung zum See genommen, der hinter dem lichten Wäldchen zum Baden und Paddeln einlädt. Mit connections zum Bauamt, oder wie immer die zuständige Behörde heißt, erwirkten sie, dass die Asphaltdecke nicht mehr ausgebessert wird. George erzählt das Ganze mit einem Schulterzucken. Sein Geländewagen wird mit fast allen Bodenbeschaffenheiten fertig.

Am zweiten Tag zeigt er mir ein Stück der Gegend, andere Wälder, dichtere, die im Indian Summer leuchten, wie er mir versichert, den See, für den es jetzt zu Ostern noch zu kalt ist, und, zu meinem Glück, den Supermarkt und die französische Bäckerei, neben der es so etwas wie eine Tabaktrafik gibt. Dort decke ich mich mit genügend Zigarettenpackungen für die verbleibenden zwölf Tage ein. Ich habe schon mitbekommen, dass es leichter ist, an Shit zu kommen als an Tschick. Gras dealt die Nachbarin über den

Gartenzaun hinweg, während Zigaretten dem Pöbel vorbe-
halten sind, den blue collar workers, den underdogs.

Am Ostersonntag fahren wir in die city, die richtige, die, wo
Läden sieben Tage die Woche und vierundzwanzig Stunden
am Tag geöffnet sind, und George nötigt mich, mir ein Kleid
auszusuchen. Sein Vater hat uns zu einer fundraising party
eingeladen, wo ich in meinen Hippiekutten, wie George sie
bezeichnet, underdressed sein würde.

Die Familie habe ich drei Tage vorher kennengelernt. Wir
waren zum Lunch bei Georges Vater, und alle waren da, um
die Schickse zu beäugen, die er da angeschleppt hat. Den
Vorsitz am Tisch führte die Großmutter, die mich mit einem
knappen „nice to meet you" aus zusammengekniffenen Lippen begrüßt hatte, ihr gegenüber nahm Georges Vater
Platz, daneben seine dritte oder vierte Frau, ich hatte nicht
genau hingehört, und Georges Bruder, wir auf der anderen
Seite. Bevor es zur Suppe ging, machte der alte Herr ein Zeichen und jeder von uns ergriff die Hände seiner Sitznach-
barn. So saßen wir ein paar Atemzüge lang, bis der Vater ein
kurzes Gebet sprach. Auf Hebräisch.

„Du hättest mich warnen können", sagte ich nachher im
Auto. „Willst du damit sagen, dass du es nicht gewusst
hast?!" George wirkte fassungslos. „Ja", sagte ich und
schüttelte den Kopf. „Nein, wusste ich nicht." George
klopfte mit beiden Händen auf das Lenkrad, dann warf er
sie theatralisch in die Höhe. „Aber ich bin doch beschnit-
ten!"

Den Rest der Fahrt sagte keiner von uns ein Wort, wir waren jeder mit seinen eigenen Gedanken beschäftigt. Ich konnte meine Naivität nicht glauben, ich schämte mich. Ich hatte einfach nie hingeschaut, nie das Ding in Augenschein genommen, das er in mich reinsteckte. Bevor wir ausstiegen, murmelte ich ein gepresstes „sorry, es tut mir leid". Mehr gelang mir nicht. Ich hätte liebend gern den Mut gehabt, zu sagen, lass mich schauen. Aber auch seine nächste Umarmung, eine Nacht oder zwei später, erwiderte ich mit geschlossenen Augen.

Während wir auf breiten Pfaden durch das lichte Wäldchen stromerten, erfuhr ich, dass die Eltern seiner Großmutter aus Galizien gekommen waren, das damals zu Österreich gehörte. Das erklärte die knochentrockene Begrüßung für das Austrian girl. Später gab mir George Texte zu lesen, die die Geschichte seines Vaters und seines Großvaters beschrieben, in dem mir vertrauten Englisch mit den vielen Ausdrücken, für die ich ein Wörterbuch gebraucht hätte. Er wollte von mir, the linguist, wissen, was ich davon hielt, denn er hatte vor, das Typoskript einem Verlag anzubieten. „Dein Stil ist humorvoll", sagte ich, um nicht zugeben zu müssen, dass ich kaum etwas verstanden hatte. Eingereicht hat er die Geschichte nie, fertig geschrieben auch nicht.

Seine Nachbarin, mit der er ab und zu ein Pfeifchen auf seiner Veranda pafft, hat die gleiche Schuhgröße wie ich und leiht mir Pumps mit halbhohen Stöckeln, denn sie findet, meine Ballerinas würden gegen das Etuikleid, das mir George gekauft hat, abstinken. „You look great", muntert sie mich auf, nachdem ich ihr erzählt habe, was mich am Abend erwartet.

Was bei der fundraising party dann wirklich abstinkt, ist Georges roter Chevy mit der offenen Ladefläche. Mit dem reihen wir uns in die Schlange der schwarz glänzenden Limousinen ein, die darauf warten, geparkt zu werden. Der livrierte junge Mann, der den Autoschlüssel entgegennimmt, verzieht aber keine Miene, sondern wünscht uns mit der gleichen amerikanischen Herzlichkeit einen schönen Abend wie den anderen. Seine fantasievolle Uniform könnte dem Skizzenbuch eines Hollywood-Film-Regisseurs entsprungen sein, und ich bereue es ein wenig, nicht den Schafwolljanker mit den Hirschhornknöpfen übergezogen zu haben, den ich für George gestrickt habe. In dem wäre ich bestimmt als exotische Prinzessin durchgegangen. Während ich noch überlege, was mir an der Herzlichkeit des Pagen „amerikanisch" vorgekommen ist, stößt mich George an und deutet mit dem Kinn auf eine Gruppe in Sakkos und Abendkleidern, die eben die Stufen zum Vestibül nimmt. „Rockefellers", flüstert er.

Bevor die Reden gehalten werden, die den Gästen erklären, warum sie hohe Summen für den Wahlkampf des Senators lockermachen sollen, spielen Musiker des Boston Symphony Orchestra auf. Die gesenkte Stimme, mit der mich George auf den Namen hinweist, legt nahe, dass es sich um einen bedeutenden Klangkörper handeln muss. Nachher tauschen die hauptberuflich Reichen und nebenberuflich Wohltätigen bei Lachscanapés und Champagner Höflichkeiten aus. Ich brauche dringend Nikotin.

Auf dem feuchten Rasen im Hinterhof der feudalen Villa treffe ich auf die beiden anderen Raucher des Abends. Sie zwinkern mir verschwörerisch zu, und einer bietet mir seinen aufklappbaren Aschenbecher an, als ich nicht weiß, wohin mit meiner fertig gerauchten Zigarette. Sie fragen, woher ich sei, und als ich Austria sage, nötigen sie mir eine Marlboro auf und erheben ein Loblied auf chancellor Bruno Kreisky.

Am nächsten Tag blättere ich, während George in town etwas zu erledigen hat, in einer Zeitschrift, die auf seinem Couchtischchen liegt, und finde eine Kurzgeschichte. In der Wüste von Nevada jagen Kampftruppen mit Helikoptern die letzten Raucher, die sich mit ihren Marlboros in einer Felsenhöhle verschanzt haben.

George kommt von seiner Erledigung mit dem Entwurf eines Ehevertrags nach Hause, den seine Anwältin aufgesetzt hat. Ich weigere mich, ihn durchzulesen. Jede verbleibende Nacht meines Aufenthalts schleiche ich zum Kühlschrank, wo ich die chocolate chip cookies weiß, die mein Heimweh lindern. Ich tunke sie in Milch und zähle die Minuten bis zu meinem Heimflug.

Um zwei Kilo schwerer als bei der Ankunft trete ich nach zwei Wochen die Rückreise an. George hat einen Freund gebeten, mich zum Flughafen zu fahren, denn nach meinem Nein zu seinem unromantischen Heiratsantrag hat ihn ein Virus niedergeworfen. Die Maschine hat gerade abgehoben, als ich zur Toilette hechte. Jetzt ist auch mir kotzübel. Kaum habe ich mich wieder niedergesetzt, muss ich nach dem Speibsackl langen, das in der Rückenlehne des Vordermanns steckt. Nachdem ich alle Tüten in Reichweite vollgekotzt habe, nimmt sich eine Stewardess meiner an und bringt Cola (Coca, nicht Pepsi) und Soletti (die bestimmt anders heißen, aber gleich wirken, nämlich gut gegen Durchfall). Das Auftanken in Reykjavik verschlafe ich, und als ich in Luxemburg zum Hangar wanke, bete ich ein zweites Mal auf dieser Reise. Lass ihn da sein, lieber Gott, bitte, lass ihn da sein. Lass ihn hinter der Absperrung stehen und mir zuwinken. Lass mich nicht auf einen Zug warten müssen, von dem ich gar nicht weiß, wann er fährt und wo der verdammte Bahnhof ist. Lass mich nicht ein Taxi nehmen müssen, ich habe nicht genug Geld dabei. Mach, dass die Clique des Abts nicht darauf bestanden hat, gestern nach Albruggen zu fahren. Vor dem Gepäckband lasse ich mich auf den Boden sinken und warte auf meinen Rucksack. Der nicht kommt. Das Band stoppt, und ich schleppe mich zum Ausgang. An eine Säule gelehnt, eine Sonnenbrille im kranzförmigen Haar, steht der Abt, mein rettender Engel. „Wo ist dein Gepäck?" – „Nicht angekommen." Seine Kumpel überlassen mir den Beifahrersitz. Ich bedanke mich, indem ich nicht ins Auto kotze. Ich kotze überhaupt nicht mehr. Mein Magen hat im Flieger alles hergegeben, was er nicht behalten wollte.

Als ich mich erholt und meinen Rucksack wiederbekommen habe, lade ich den Abt zum Essen ein, in ein feines Restaurant weit jenseits meiner finanziellen Vernunft. Das ist einfach nötig. Zum Dank für alles und dass er mich im Häuschen mit dem steilen Dach nicht angefasst hat.

Nach Dienstschluss gehe ich manchmal in die Hauptpost, um George anzurufen. In Boston ist es da früher Abend, und die Chancen stehen gut, dass er zuhause auf dem Sofa liegt und ein Beruhigungspfeifchen raucht. Unsere kurzen Telefonate, Auslandsgespräche sind teuer, drehen sich um Dinge, über die wir in Boston nicht sprechen konnten, um Wörter wie Schickse, Mischpoche, Schlamassel oder Chuzpe, und warum sich sein Bruder jetzt Schläfenlocken wachsen lässt. Nur von seinem beschnittenen Pimmel ist nicht mehr die Rede.

ES ist Jänner, und ich kopfe über dem Stundenplan des kommenden Semesters. Mit den Vorlesungen bin ich nicht arg in Verzug geraten, aber bei den Seminaren sollte ich Gas geben. Althochdeutsch ist überfällig, das ist sich mit den Arbeitszeiten im BarBier nicht ausgegangen. Ich sollte es im ersten Studienabschnitt machen, und im Oktober beginnt schon der zweite. Da mag ich mich sputen. Wenn ich nur vier Abende arbeiten würde, könnte ich es im kommenden Semester schaffen. Die Geldfrage ist nicht mehr so drängend, Georges Vater hat mir im Nachhinein den Flug bezahlt.

Joey ist nicht begeistert, aber er versteht, dass ich nicht mein Leben lang Bier servieren und Angetrunkene aus dem Lokal bugsieren will. Wir einigen uns darauf, dass ich von Donnerstag bis Sonntag Dienst schieben werde, für die anderen Abende wird er sich jemanden suchen. Das hat den netten Nebeneffekt, Charly zu entkommen, der mich mit seiner Ottakringerstimme becirct hat, nur um mir kurz darauf das Herz zu brechen. Auf den Schmerz, den sein geiler Bass jeden Mittwoch wieder aufreißt, wenn er mit seiner Eishockeytruppe am Ecktisch sitzt, kann ich gern verzichten.

Althochdeutsche Übersetzungsleistungen also. Ich hülle mich in Schal, Mütze und Handschuhe, um bei gnadenlosen Temperaturen um acht Uhr früh im Seminar zu sitzen, s. t., sine tempore. So beinhart wie unser Althochdeutschprofessor sind sonst nur die Mathematiker, bei denen gibt es fast nur Lehrveranstaltungen, die um Punkt beginnen, nichts mit akademischer Viertelstunde. Auf der Germanistik geht

es für gewöhnlich gemächlicher zu, mit dieser einen Aus-
nahme. Was meine Begeisterung für die alte Sprache und
meine Bewunderung für die Mönche nicht schmälert, die
theologische Traktate in eine Bauernsprache übertragen
haben. Ich meine den Schweiß zu riechen, den ihnen diese
Anstrengung aus allen Poren trieb.

IN der zweiten Seminarstunde setzt sich ein Typ neben
mich, die Füße nackt in Birkenstock-Sandalen. Mit denen
latscht er dann auch in die Mensa, über den Vorplatz, auf
dem Schnee liegt. Ich friere beim bloßen Hinschauen. „Dir
scheint der Scheiß ja richtig Spaß zu machen", sagt er. „Ja,
schon. Deutlich mehr als irgendwelche doofen Gedichte zu
interpretieren." – „Schade. Ich habe gehofft, ich könnte damit bei dir Eindruck schinden." Er schiebt mir ein Blatt Papier hin, auf dem fünf Zeilen stehen. Alle Wörter in Klein-
buchstaben, kein einziges Satzzeichen, nichts, was sich
reimt. Ich lese und verstehe Bahnhof. „Aha", sage ich lapi-
dar. – „Schenke ich dir. Aber du musst mich als Partner für
die Seminararbeit nehmen. Ich hasse diese linguistischen
Hirnwichsereien." Ich stecke den Zettel ein. Von mir aus.
Die anderen haben sich zum größten Teil schon zu Gruppen
gefunden, und mir ist es egal, wer da mit seinem Namen
neben dem meinem auf der Arbeit stehen wird. Ich erwarte
mir von keiner der Kolleginnen große Unterstützung, von
den Kollegen auch nicht. Anscheinend bin ich die Einzige,
die die Stunden nicht nur absitzt, sondern das Thema interessant findet.

Ich knie mich regelrecht in die Materie hinein, fast so wie die armen Mönche in ihren kalten Stuben des 11. Jahrhunderts – so stelle ich sie mir zumindest vor – und diktiere Oskar, der sich mittlerweile vorgestellt hat, meine Forschungsergebnisse. Er tippt sie brav in die Schreibmaschine und trägt die eine oder andere kreative Formulierung bei. Zum Dank – wir bekommen einen Zweier auf die Arbeit – schenkt er mir ein selbstgebasteltes Heftchen mit seinen Gedichten und schiebt seine Zunge in meinen Rachen. Ich schüttle mich und sage Nein. Freunde bleiben wir trotzdem. Das ist gut so, denn wir treffen einander auch nach dem Abschluss des Seminars täglich, am Institut, wo wir lesen und unsere nächsten Arbeiten schreiben.

Er sitzt oft mit versonnenem Blick auf seinem Platz am Fenster, die Zehen in den Teppichboden gekrallt, und knabbert an seiner Füllfeder. Ab und zu streicht er ein Wort durch, ab und zu schreibt er eines hin. Eine Seminararbeit wird daraus nicht werden, darauf wette ich, aber ich frage nicht nach. Ich meine zu wissen, worüber er sich den Kopf zerbricht.

Am Ende des Semesters schlurft er mit seinen Birkenstocks zu meinem Tisch. „Trinkst du mit mir einen Kaffee? Ich muss dich etwas fragen." Wir gehen ins Unibistro und setzen uns auf die schmale Terrasse, unter der die All gemächlich plätschert. Er kaut an seiner Unterlippe. „Ich habe einen Roman geschrieben." Ich hätte gewettet, dass er über Nicht-Reime und holprige Rhythmen nachdachte, während er auf der Bibliothek an seiner Füllfeder kaute. Doch Gedichte mache er nur nebenbei, erklärt er mir, er habe einen ganzen Roman geschrieben, 65 Seiten. Ob ich ihn lesen würde. Ich erschrecke. Denke an die fehlenden Großbuchstaben seiner poetischen Versuche, die kryptische Aneinanderreihung erfundener Worte. Ich bin mir sicher, dass mir sein Text nicht gefallen wird, nein schlimmer noch, sein Geschreibsel ist bestimmt totaler Mist. Ich suche verzweifelt nach einem Satz, mit dem ich aus der Sache herauskomme. Ich will ihn ja nicht brüskieren, aber das Teil lesen will ich auch nicht. „Sei mir nicht böse, ich glaube, dafür bin ich nicht die Richtige. Du weißt, ich hab's mehr mit Grammatik und so als mit Literatur", sage ich schließlich. „Genau deswegen frage ich dich. Du bist kritischer als die anderen." Scheiße. Ich winde mich, beiße in meine Lippen und starre in die All. Nach einer Weile kapiert er's, packt seine Tasche, in der wohl das Manuskript gewesen wäre, und vertschüsst sich. Die Rechnung für die beiden Kaffees überlässt er mir.

Am nächsten Tag sitzt er nicht an seinem Tisch in der Bib, am übernächsten und überübernächsten auch nicht. Er besucht nicht mehr dieselben Vorlesungen und Seminare wie ich, und erst ein Jahr später laufen wir uns über den Weg. „Suhrkamp hat mein Manuskript genommen", sagt Oskar. „In zwei Monaten kommt das Buch heraus. Dann mache ich eine Lesung. Kannst gern kommen." Ich nuschle etwas von „großartig" und „gratuliere" und präge mir Datum und Ort ein.

An besagtem Abend kaufe ich mir ein Exemplar des Buchs, aus dem Oskar vorgelesen hat und stelle mich an, um es signieren zu lassen. Er fragt nicht, was für eine Widmung ich mir wünsche, sondern schreibt einfach etwas auf die Seite mit dem Titel. „Du hast eine neue Füllfeder", stelle ich fest, während er über die Tinte bläst, damit sie schneller trocknet. „Das war das Erste, was ich mir von meinem Vorschuss gekauft habe." Er klappt das Buch zu und reicht es mir.

Erst daheim öffne ich den schmalen Band und lese, was der Autor geschrieben hat. *Für Lara. Die mir das nicht zugetraut hat. Oskar*

EIN anderer Studienkollege – der, den ich immer aufziehe, weil er eine Seminararbeit zur Erotik bei Adalbert Stifter geschrieben hat (allein das! Erotik und Stifter in einem Satz!) – wird bald eine Lektorenstelle in Japan antreten und macht mir den Vorschlag, seinen Deutschkurs an der Uni zu übernehmen. Er würde mich als Nachfolgerin für den frei werdenden Job empfehlen. Die Idee ist grandios.

Ein Jahr, maximal eineinhalb wollte ich im BarBier buckeln, geworden sind es dreieinhalb. Das ist genug. Sechs Stunden in der Woche Ausländern Deutsch beibringen klingt nach einer hervorragenden Alternative, die meinem Studium guttun wird. Die Pflichtübungen habe ich zwar alle erfüllt, aber jetzt steht die Diss an, und eine Doktorarbeit braucht ein gewisses Maß an zeitlicher Redundanz.

Also werfe ich an einem Sonntagabend meine Schürze in die Wäschetonne, lege den Schlüssel auf den Tresen, gebe Joey die abgegriffene Kellnergeldtasche zurück, die ich nie durch eine eigene ersetzt habe, trinke noch ein Seiterl mit ihm und ziehe dann die Tür des BarBier hinter mir zu, als ob ich nur ein Gast gewesen wäre.

DIE Stelle an der Uni bekomme ich nicht. Mir fehle die Erfahrung, sagen sie dort, was natürlich stimmt. Das können meine guten Zeugnisse nicht wettmachen. Ich nutze die Zeit, um darüber nachzudenken, welches Thema ich für meine Dissertation wählen könnte (Erotik oder Stifter definitiv nicht!) und bewerbe mich, wo immer eine Teilzeitbeschäftigung ausgeschrieben ist, die etwas mit meinem Studium zu tun hat. Letztlich lande ich bei einer privaten Sprachschule, die am Vormittag Unterricht, am Nachmittag Freizeitaktivitäten anbietet – Stadtführungen, Besuche der Burg, Wanderungen in den Bergen, Schlittenfahrten, Rodelrennen oder rasante Abfahrten über Stock und Stein auf geliehenen Bikes.

Mit ihren maßgeschneiderten Kursen in kleinen Gruppen ist die Schule bei Studierenden aus allen Ecken der Welt beliebt. Japaner und Kroaten, Amerikanerinnen und Engländerinnen, Australier und Kanadier, Peruanerinnen und Koreanerinnen wollen die Sprache von Goethe und Schiller lernen, manche von der Pike auf. Mit denen fange ich an, spiele den Kasperl, deute auf mich, sage „Ich heiße Lara", schreibe das Wort *ich* auf die Tafel, dann *du*, „wie heißt du?", und so hanteln wir uns zu den ersten Sätzen. Ich frage „wie geht es dir?" und zeichne Smileys auf, ein Lächeln für *gut*, ein Lächeln mit Grübchen für *sehr gut*, ein gerader Strich für *so lala*. Wir verständigen uns mit Handzeichen, Mimik und Ganzkörpereinsatz, auf Englisch weichen wir nur im äußersten Notfall aus. Es macht mir Spaß, und bald darf ich Gruppen unterrichten, die schon so fortgeschritten sind, dass sie Aufsätze verfassen. Durch diese Texte bekomme ich Einblicke in Lebensmomente, bei denen sich mir manchmal die Nackenhaare aufstellen. Brot kaufen im belagerten Sarajewo, Klavier spielen im Granatenhagel von Rijeka, Novize in einem Kloster sein, während die Feinde im eigenen Land Waffen horten, um Ruanda später in Blut versinken zu lassen. Kein Aufsatz nennt die Dinge derart klar bei ihren Namen, aber der Schrecken sickert durch die Schilderung eines Alltagserlebnisses. Auch andere, freundliche Momente werden mir zugetragen, die Freuden eines Englischlehrers in einem beschaulichen Küstenort Neuseelands, das Rezitieren von Fontane an einem japanischen Germanistikinstitut, das Fieber eines Dates in Atlanta, der Duft von Apfelstrudel, der aus einer österreichischen bakery in New England auf die Straße weht. Während ich Relativpronomen korrigiere, Wörter in die richtige Reihenfolge bringe und Akkusative gegen Dative tausche oder umgekehrt, strömen Stimmungen ferner Welten in mich hinein, machen mich lachen und weinen, grinsen oder die Luft anhalten.

MAREK entführte mich mit seinem Aufsatz in den Kreuzgang eines Jesuitenklosters in Zagreb, wo er mit seinen Brüdern Gregorianische Choräle sang und mit Bach jauchzte und frohlockte. Privat singt er auch andere Musik, erzählt er mir, als wir uns einmal zufällig treffen und ein Stück in die gleiche Richtung gehen. *Nights in White Satin* stimmt er an, singt die erste Strophe, mitten auf der Straße, ohne Scheu, bricht dann ab und lacht, und wieder ist es eine Stimme, die mich gefangen nimmt. Die Stimme eines ausgebildeten Baritons, eines Ordensbruders, eines Jesuiten, meines Schülers.

Zum Abschluss seiner drei Wochen in Albruggen, am Ende unserer gemeinsamen Unterrichtszeit, schenkt er mir eine Auswahl seiner Lieblingssongs, die er auf Kassette aufgenommen hat. Wir sitzen an dem Weiher im Burggarten, den nur Eingeweihte kennen, auf der steinernen Fassung, und Marek intoniert den einen und anderen Takt, während ich meine Finger in die Seerosen senke und ihn bitte, *Nights in White Satin* noch einmal für mich zu singen. Sein Bariton wird weich und schleicht sich in mein Herz, als er die zweite Zeile anstimmt, *letters I've written, never meaning to send.*

Ich reise ihm nach, in seine Heimat, wir treffen uns am Meer, wo Soldaten Urlaub von der Front machen, in Opatija, einem Ort, der verschont geblieben ist von Flugzeuggeschwadern, diesem Ort mit der Schönheit verfallender Hotels aus der Zeit der Monarchie, deren Kaiserin mit den langen Haaren auch hier gegenwärtig zu sein scheint, dem Gelb der Fassaden, das man von Schönbrunn kennt, und Eispalatschinken auf den Speisekarten von Restaurants, deren Kellner hinter ihrer professionellen Rauheit aufblühen, wenn sie den wenigen Gästen, die sich in diesem Spätsommer dort aufhalten, dienen können. Nur ein Haus ist zerstört, von einer Handgranate, die niemand erklären kann oder will.

Wir sitzen auf den groben Kieseln der Bucht, in der Uniformen abgelegt sind, während sich muskulöse Burschen im Wasser gegenseitig bespritzen und untertauchen, um die

Wette bis zur Boje schwimmen, wo der Meeresgrund plötzlich abstürzt und sich eine dunkle Tiefe auftut. Wir schauen
ihnen zu, und die Lebenslust dieser Jungen, die wenigsten
schon Männer, überträgt sich, kitzelt mich, stachelt meinen
Leichtsinn an, und ich lege meine Hand auf die kompakte
Erhebung in Mareks Badehose, lasse sie dort liegen, spüre
die Regung, sage nichts, schaue über ihn hinweg zu den
Häufchen tarnfarbener Kleidung, die in ein paar Tagen aus
den spielenden Körpern wieder Krieger machen wird. Er
duldet meine Hand ein paar Atemzüge lang. Dann hebt er
sie auf, legt sie auf die warmen Steine zwischen uns. „Ich
werde nächstes Jahr zum Priester geweiht", sagt er.

WALROSSPFOTE

DER Priester bei Heimos Begräbnis trägt eine weiße Soutane mit violetter Stola, an deren Ende zwei goldfarben gestickte Kreuze prangen, doch er verzichtet wenigstens auf weihrauchwedelnde Ministranten und liturgische Formeln. Das hätte gerade noch gefehlt, dem Ungläubigen eine katholische Messe zuzumuten. Religionen konnten Heimo gestohlen bleiben. Er lächelte immer gönnerhaft, wenn ich in einer Waldkapelle eine Kerze anzündete, einem Brauch folgend, den mir meine Oma vermacht hatte.

Kurz vor Beginn der Zeremonie bin ich in den Saal geschlüpft, die schwere Tür, die schon geschlossen war, mit Bangen aufstemmend. Ob sich jetzt alle Augen auf mich richten werden? Genau das habe ich vermeiden wollen. Genau deswegen bin ich so knapp von zuhause aufgebrochen. Um nicht den Menschentrauben begegnen zu müssen, die vor der Einsegnungshalle mit den Schuhspitzen im Kies scharren und sich begierig auf jeden Neuankömmling stürzen würden, weil das zwei Sätze lang Ablenkung von der Trauer verspricht.

Ich stehe mit dem Rücken an eine Wand gelehnt und schaue auf den Boden. Wenn ich ehrlich bin – und dieser Moment ist einer, der mich drängt, ehrlich zu sein –, war es nicht die Angst davor, aufzufallen, warum ich vorn draußen niemanden treffen wollte. Die Wahrheit ist viel prosaischer. Ich hatte Angst davor, ignoriert zu werden. Mit einem Nicken abgefertigt zu werden. Deutlich zu spüren, dass ich in keinen Kreis mehr passe, dass ich nirgendwo mehr dazugehöre. Den Platz, den ich einmal bei familiären Sonntagskaffees, an Kartentischen oder bei Dia-Abenden gehabt habe, hat eine Andere eingenommen.

Musik beginnt zu spielen. *Somewhere over the rainbow*. Zerkratzte Töne aus einem scheppernden Lautsprecher. Gut, dass das kleine Häufchen Asche, zu dem Heimos großer Leib geworden ist, keine Ohren hat. Er hätte sie sich zugehalten, er, dem keine Konzertkarte zu teuer war, wenn sie perfekten Klang versprach. Ich löse mich von der Wand, versuche, frei zu stehen. Verschränke die Finger vor meinem Bauch und kämpfe mit den Tränen. Obwohl Musik natürlich genau das will: Tränen locken, die Kontrolle lockern. Eine Welle von Gefühl durch all die Lebenden, Überlebenden, noch Lebenden, gerade erst Geborenen schicken, auf der sie gemeinsam durch die Trauer surfen können und nicht von ihr fortgerissen werden. Ich bin der einzige Tropfen, der nicht zu dieser Welle gehört. Ich bin der Tropfen, der hinausgeschleudert wird auf trockenen Boden, wo ihn niemand sucht und niemand findet. Meine Hand sucht die Wand und stützt sich ab. Eine andere Hand legt sich auf meinen Arm, warm, sachte, fragend. Ich schaue auf. Ein bekanntes Gesicht, lange, lockige Haare, die früher einmal rostbraun waren. Damals, als wir gemeinsam Heimos Geburtstage feierten. Uschi, seine erste Ex und ich. Damals, als ich noch keinen Gedanken daran verschwendete, einmal selbst zur Ex zu werden.

Beim Auszug aus dem Saal führt der Pfarrer die Prozession ohne hoch aufgerichteten Gekreuzigten an, hält nur seine Hände gefaltet. Hinter ihm die blasse Frau in Schwarz, die die Urne trägt, mit wachsweißen Fingern. Ich könnte froh sein, dass mir dieser Gang erspart bleibt. Ich habe einmal eine Urne getragen, die mit der Asche meines Vaters, und Heimos großer Körper neben mir war mir Schutz und Schild gewesen. Heute reihe ich mich ganz hinten in die Prozession ein, hinter Verwandtschaft und Freunde, zu Uschi und ihrem Mann, die mich in ihre Mitte nehmen.

Am Morgen habe ich lange überlegt, ob ich den neuen Rock anziehen soll, den ich mir gestern gekauft habe. Aus schwarzem Taft, barock über den Knien gerafft. Nein, in diesem Rock wäre ich overdressed gewesen, witwenhaft. Ich habe mich für den Sommerrock mit roten Mohnblüten auf schwarzem Grund entschieden, einen alltäglichen, einfach geschnittenen Rock. Weil er mit einer Erinnerung verbunden ist, an der ich mich festhalten kann, während die Andere beim Begräbnis die Witwe gibt.

HEIMO war eines Mittwochs im Schlepptau der Eishockey-spieler rund um Ottakringer-Charly aufgetaucht, die jede Woche nach dem Training auf ein, zwei Biere ins BarBier schauten. Wie ein Walrossbaby saß er auf dem einzigen Stuhl am Tisch unter der Uhr, die anderen drängten sich auf der Eckbank, und bestellte ein dunkles Weizen. Ich zele-brierte meine Einschenkkunst vor seinen Augen, stellte das Glas auf einen Bierdeckel und drehte es so, dass das Logo der Brauerei zu ihm schaute. Er bedankte sich mit einem scheuen Lächeln. Ein paar Tage später kam er allein wieder, kurz nachdem ich aufgesperrt und die Kaffeemaschine an-geworfen hatte. Er setzte sich auf einen Barhocker, nahm sich die Tageszeitung und bestellte einen großen Braunen. Ich hatte Zeit, ihn zu beobachten. Schönheit war nicht sein markantestes Merkmal. Seine mattbraunen Haare lichteten sich auf dem Scheitel schon etwas, und um die Lesebrille daran zu hindern abzurutschen, hatte er die Nasenflügel hochgezogen und las mit Faltenwurf auf der Stirn. „Du bist neu hier", sagte er beim Bezahlen und steckte die Brille in die Brusttasche seines Hemdes. Sein Trinkgeld war großzü-gig. „Schon das zweite Monat." – „Ja, ich war eine Weile nicht hier. Man sieht sich." Er duckte sich unter dem Leuch-ter durch, der mitten im Raum von der Decke hing, für an-dere hoch genug. An der Tür drehte er sich noch einmal um und hob seine rechte Hand wie eine Walrosspfote.

EINEN schwarzen Rock mit roten Blüten hatte ich in Frankreich getragen, als wir vom Mont Ventoux herunterfuhren, Heimo am Steuer seines Peugeots, einem silbergrauen Kombi. Ich hatte meine Beine auf das Handschuhfach gestreckt, der Rock war nach oben gerutscht, gab meine Beine frei, auf die Heimo schaute und „zieh dein Höschen aus" sagte. Ich hatte keines an. Am Fuß des Berges bog er von der asphaltierten Straße ab und steuerte ein Lavendelfeld an, an dessen Rand sich roter Mohn im Wind wiegte. Wir ließen das Auto stehen. Nachher fotografierte er mich. „Du schaust so zufrieden aus", sagte er. „Es war so schön", sagte ich.

Mont Ventoux. Der glatzköpfige Berg, sturmumtost wie der Runde Kofel vor meiner Haustür, über den heute wieder der Föhn fegt. Mit einer Sendestation inmitten der weißen Kalkwüste, durch die sich Radler in die Höhe quälen, von der provenzalischen Sonne versengt, sich dem Wind entgegenstemmend. Aus Gründen, die ich nie verstehen werde. Aber Heimos Augen leuchteten. Er war die Strecke mit dem Rennrad gefahren, in jungen Jahren, von Bédoin hinauf, auf den Spuren der Tour de France. 1600 Höhenmeter, 21 Kilometer, mittlere Steigung 7,6 Prozent. Solche Parameter konnte er im Schlaf aufsagen.

Wie kann man nur! Ich dachte es bloß, sagte es nicht. Zu eindrücklich war Heimos Begeisterung, zu spürbar seine Wehmut. Dass die Rennradzeiten vorbei waren. Der Schwere seines umfangreich gewordenen Leibes geschuldet, dem aus dem Takt geratenen Schlagen seines Herzens.

Der Föhn beugt die Bäume vor meinem Fenster, während ich mich frage, wie es mir jetzt ginge, nach seinem plötzlichen Weggang, wenn wir noch beisammen gewesen wären. Der Sturm beutelt das Laub des Ahorns und des Holunderbusches, knickt beindicke Äste, fegt sie über die Straße. Parks sind heute vorsichtshalber geschlossen worden. Dabei hat der Föhn im Tal doch nur die halbe Kraft, mit der er über den nackten Felsen oben am Gipfel des Runden Kofels wütet. Wie der Mistral, von dem Heimo erzählte, diese Windmacht, die den Menschen in Südfrankreich den Schlaf raubt. Sich den Radfahrern am Mont Ventoux entgegenwirft, ihnen aber auch Kühlung bringt, wenn sie in die Pedale treten, vor Anstrengung aufstehen, ihren Beinen eine Handbreit Weg nach der anderen abringen, das Observatorium und die Sendestation leuchtende Ziele vor ihren geröteten Augen.

Knapp unterhalb des Gipfels fuhr Heimo auf einen Parkplatz, und wir stiegen ein paar Stufen zu einem Gedenkstein hinauf. Hier ist einer gestorben, 1967, eineinhalb Kilometer vor der Ziellinie, vollgepumpt mit Amphetaminen und Alkohol. Wie kann man nur? Sich freiwillig so quälen. Ich spreche es auch dieses Mal nicht aus.

„Wenn wir im Hotel sind, rasiere ich dir einen Mont Ventoux." Wir waren jetzt auf der Autobahn unterwegs, Heimo hatte den Tempomat aktiviert, Serge Gainsbourg aufgelegt und seine Hand zwischen meine Beine geschoben. Erst bei der Ausfahrt nahm er sie wieder heraus, strich kurz über meine Wange und schaltete in den vierten Gang zurück. Das Hotel fand er leicht, Le Petit Hotel de la Fontaine, denn der

Brunnen, von dem es seinen Namen hat, bildet das Zentrum des Ortes. Aus acht Armen eines steinernen Oktopus strömt Wasser in das Becken, dahinter stehen zarte Tischchen und fragile Stühlchen, die wohl zum Hotel gehören. Vielleicht könnten wir morgen dort frühstücken, berauscht vom Geräusch des Wassers und einer gemeinsamen Nacht. Heimo aber rümpfte die Nase, ich ahnte, warum. Schon einmal hatte eine solche Zahnstocherbastelei seinem Gewicht nicht standgehalten. Doch gegenüber, in der Pergola eines Bistros, gab es Heimo-taugliches Mobiliar, Tische und Stühle aus massivem Holz, und er beruhigte sich, als ich es ihm zeigte. Chez Lara hieß das Restaurant und ich hoffte, dass wir dort abendessen würden. Allein des Namens wegen. Ich schlug es vor. Er ließ seinen Koffer beim Brunnen stehen, um die Speisekarte zu studieren. Ein Name und passendes Mobiliar reichten nicht aus, um über die Wahl des Restaurants zu entscheiden. Zu oft hatte uns auf dieser Reise die gerühmte französische Küche enttäuscht, weil außer moules frites und entrecote kaum etwas angeboten wurde. Als er zurückkam, wirkte er zufrieden und hatte uns für den Abend einen Tisch reserviert. Ich hätte ihn küssen mögen, und tat es auch.

Die Rezeptionistin im Petit Hotel gurrte, als sie uns die Schlüssel gab. „Voilà, messieurs dames. Sie haben den pigeonnier im dritten Stock." Die Treppe hinauf war schmal und steil, das Zimmer bezaubernd. Vor den zwei kleinen Fenstern hingen blaue Vorhänge mit stilisierten Tauben in Grau und Weiß, Dusche und WC waren unter die Dachschräge gebaut, ohne Tür, nur ein hüfthohes Mäuerchen aus unverputzten Steinen trennte das Bad vom Schlafbereich. „Wehe, du furzt auf dem Klo. Das wäre nicht sonderlich sexy." Heimo gab mir einen Klaps auf den Po. Ihm machte offensichtlich mehr die Dachschräge Sorge. Probehalber stellte er sich mit den Socken in das Eck mit der Brause, auch hier keine Trennwand, nicht einmal ein Duschvorhang, aber hübsch, mit Fliesen, auf denen Turteltauben schnäbelten, und Lavendelsträußchen auf dem Seifenbord, er zog den Kopf ein und ging in die Knie. „Da werde ich im Hocken duschen müssen."

Als ich den Vorhang vor dem Ostfenster zur Seite schob, öffnete sich vor mir die Dächerlandschaft des Dorfes, mit einem verschleierten Berg im fernen Hintergrund. War das der Mont Ventoux, von dem wir gerade gekommen waren? Wäre theoretisch möglich, meinte Heimo und stellte sich hinter mich. „Apropos. Morgen nach dem Frühstück." Er drückte seinen Bauch weich gegen meinen Rücken. „Dann ist das Licht hier gut und ich sehe, was ich mache." Zwischen seinen Beinen regte sich etwas, aber er beließ es dabei. Küsste mich flüchtig auf den Nacken und ging duschen. Das interessierte Etwas und der warme Bauch ließen mich allein. Aber ich war ohnehin noch satt vom Spiel mit den beiden am Rande des Lavendelfeldes zu Füßen des Géant de Provence und ging eine rauchen. Mal schauen, ob die Zahnstocherstühlchen wenigstens mich aushielten.

Der Kellner brachte uns Wasser und die Speisekarte. Das mochte ich an allen französischen Lokalen, die wir kennengelernt hatten. Egal, was man bestellen würde, kühles, frisches Wasser gab es immer, kaum dass man sich gesetzt hatte. Im Chez Lara kam die Erfrischung aus einem der Oktopusarme des Brunnens. Immer wenn neue Gäste Platz genommen hatten, lief der Wassergarçon zum Brunnen und füllte einen großen Krug. Die Tagesempfehlung waren Lammkoteletts mit Rosmarinkartoffeln und grünen Bohnen, für mich genau das Richtige. Heimo suchte einen teuren Rotwein aus und nahm sich zwei Vorspeisen, einen Sardellenaufstrich, zu dem Brot in Blätterform gereicht wurde, sowie eine Knoblauchsuppe mit Kräutern der Provence, ich begnügte mich mit einem Salat. Als Hauptspeise wählte er ein Wildschweinragout, das mir nicht so aussah, als ob ich es unbedingt kosten müsste. Ihn versöhnte es mit der französischen Küche. Und weil der Wind friedfertig in den Blättern der Pergola säuselte und am Horizont die Sender des Windumbrausten blinkten, leerten wir die Flasche mit dem exzellenten Roten bis auf den letzten Tropfen.

Beim Frühstück war Heimo nicht ganz bei der Sache. Ich vermutete, dass er sich auf dem fragilen Stühlchen unsicher fühlte, aber er warf immer wieder einen Blick hinauf zu den Fenstern unseres Taubenschlags, und als die Sonne darauf fiel, drängte er zum Aufbruch. „Jetzt ist das Licht gut, lass uns ins Zimmer gehen." Der Satz fiel mir ein, den er gesagt hatte, als wir vom Mont Ventoux herunter und auf die Autobahn gekommen waren. Hatte ich zugestimmt? Es war keine Frage gewesen, sondern eine Ankündigung.

Während ich duschte – wenn ich den Brausekopf in die Hand nahm und einen Schritt von der Wand wegmachte, konnte ich aufrecht stehen –, breitete Heimo sein Badetuch auf der Matratze aus. Er hatte den Vorhang aufgeschoben, und das Sonnenlicht fiel auf das Fußende des Bettes. Ich rubbelte mich trocken und wickelte das Handtuch um meinen Körper, so legte ich mich mit dem Rücken auf das Bett, die Beine im Schein der Sonne. Heimo hatte die Schüssel, in der gestern frisches Obst als Willkommensgruß des Hotels gelegen war, geleert und mit heißem Wasser gefüllt. Er kniete sich vor das Bett und schob das Tuch, das meine Scham bedeckte, sachte nach oben. Ich öffnete meine Beine etwas, „nicht so gschamig", sagte Heimo, „so kann ich doch nicht arbeiten".

Mit den Fingerkuppen befühlte er den Haarwuchs auf dem kleinen Berg zwischen meinen Schenkeln, dann massierte er Schaum ein und setzte den Rasierer an. Ich schloss die Augen, angespannt, aufgeregt, erregt. Als ich spürte, mit welcher Vorsicht er ans Werk ging, ließ meine Anspannung nach. Ich hob den Kopf und schaute ihm zu, sah seine aufeinandergepressten Lippen und die vor Konzentration zusammengekniffenen Augen. Nach jeder Bahn, die er gezogen hatte, schüttelte er die Rasierklinge im Wasser sauber, das er neben sich auf den Boden gestellt hatte.

„Voilà", sagte er, als er fertig war, und begutachtete das Ergebnis. Dann stand er auf, holte einen Handspiegel aus dem Bad und ließ mich sehen, wie glatt meine Muschi war. Es fühlte sich ungewohnt an. Die Erregung, das leichte Fieber, das mich erfasst hatte, als er meine Beine gespreizt hatte, war verflogen. Auch ihn hatte die Arbeit offensichtlich nicht so angeturnt, wie er es sich vielleicht vorgestellt hatte. „Eh bien", meinte er, und es klang sehr nüchtern. Wir saßen auf dem Bett wie zwei Lausbengel, die der Nachbarin ein Hühnchen gefladert hatten und nun nicht wussten, wie man es rupft. Der Streich war gelungen, aber was jetzt? „Ich glaube, wir haben uns einen Cognac verdient", sagte ich und Heimo stimmte zu, erleichtert und ein bisschen ratlos.

IN der Früh unseres Abreisetags aus dem Petit Hotel beim großen Brunnen begann die rasierte Haut zu jucken, bis zum Abend hatte ich die Stelle fast wundgekratzt. Das allein hätte gereicht, um mir die paar Stunden, die wir am Meer zubrachten, ins Gedächtnis zu brennen. Dazu kam eine Mörderhitze, der die Klimaanlage von Heimos Wagen viel zu wenig Kühlung entgegensetzen konnte. Die Tage bisher waren von milder Wärme gewesen, der Superlativ hatte nur auf Orte zugetroffen, die Heimo ausgesucht hatte: die stürmischste Etappe der Tour de France, das entzückendste Hotel, das schönste Dorf mit der größten Burgruine, das älteste römische Theater, der besterhaltene Aquädukt. Nun aber sprach man im Radio vom heißesten Juni-Tag seit Menschengedenken.

Ich hatte schon nach einer Stunde Fahrt Hunger. Im Verein mit dem Jucken zwischen meinen Beinen und der stechenden Sonne denkbar schlechte Voraussetzungen für einen gelungenen Tag. Anstatt eine Pause vorzuschlagen, Heimo hasste es, wenn ich unplanmäßig essen wollte, „wie meine Mutter", pflegte er dann zu sagen, was mich immer grantig machte, griff ich nach der Banane, die am Morgen noch in der Obstschüssel gelegen war, schon etwas bräunlich, das letzte Stück aus dem Willkommensgruß, der uns im Petit

Hotel de la Fontaine erwartet hatte, und verfluchte meine Bravheit, die es verboten hatte, mir beim Frühstück ein belegtes Brötchen zu richten. „Denk nicht einmal daran", sagte Heimo, ohne überhaupt herzuschauen. Allein das Kramen in meiner Tasche hatte ihn alarmiert. „Ich mache keine Brösel, es ist nur eine Banane." Dass er darauf nichts erwiderte, interpretierte ich als Erlaubnis und stopfte den schon recht weichen Gatsch in mich hinein, die Schale ließ ich in die Tasche gleiten, wissend, dass ich das bereuen würde, wenn ich das nächste Mal etwas darin suchte.

Wie üblich hatte ich keine Ahnung, was Heimo geplant hatte, nur dass es mich an diesem Tag nervte. Obwohl das wahrscheinlich nicht gerechtfertigt war, denn ich wusste ja immerhin, dass Meer und Strand auf dem Programm standen. Sehr viel schiefgehen konnte da nicht, das Überraschungspotenzial war überschaubar. Meinte ich.

Wir ließen das Auto im Sektor B eines großen Parkplatzes stehen, und ich machte Sonnenschirme aus, die in ordentlichen Reihen in den Sand gepflanzt waren, um Liegestühle zu beschatten. Meine Sorge verflog. Mir stand ein Faulenzertag bevor, mit Duschvorrichtungen, unter denen ich mir das Salz des Meeres von der Haut spülen konnte, bevor wir essen gingen, mit hölzernen Kabäuschen für dringende Bedürfnisse und alle paar Meter einem Kiosk, an dem es Erfrischungen und Snacks zu kaufen gab.

Heimo warf sich ein Badetuch über die Schulter und marschierte los. Vorbei an den Schirmen, weg von der beruhigenden Infrastruktur. Vielleicht wollte er sich nicht unter die vielen Menschen mischen, vielleicht wollte er Abstand zum Kindergeschrei. Er hörte nicht auf zu gehen. Der Sand wurde gröber, die Belebtheit nahm ab, bis sich auf grobem Kies zwischen Steinen nur mehr vereinzelte Badetücher ausmachen ließen, auf denen Erwachsene unter mitgebrachten Schattenspendern lasen oder dösten. Die Wellen, die beim bewirtschafteten Strandabschnitt sachte aufs Ufer zugerollt waren, wurden heftiger, und Heimo hielt immer noch nicht an. Ich hatte Mühe, ihm zu folgen, ihn einzuholen. Hatte Zeit damit verplempert, mir die Sandalen auszuziehen, um den Sand zu spüren, nur um nach den ersten Schritten festzustellen, dass der Sand glühend heiß war und ich schnell wieder in die Schuhe musste. Heimo hatte das mit einem Augenbrauen-Heben quittiert, das an Verachtung grenzte, und war weitergegangen. „Welch eine Überraschung, bei Hitze ist der Sand heiß", hätte er gar nicht sagen müssen. Ich hätte es auch ohne Worte gehört.

Endlich blieb er stehen, warf sein Handtuch auf den Boden und zog sich das Hemd über den Kopf. Auch Schuhe, Socken, Hose und Unterhose ließ er fallen. Ich begriff. FKK. Dafür waren wir eine halbe Stunde gelatscht. Noch bevor ich bei ihm angekommen war, hatte er sich schon auf den Weg zum Wasser gemacht. Die Wellen waren hier mindestens einen Meter hoch, nicht mein Fall. Ich breitete mein Badetuch aus und sehnte mich nach Schatten. Heimo hüpfte den Wellen entgegen und winkte mir. Abkühlung konnte ich brauchen, aber die Wellen machten mir Angst. Jede Wassermenge, die größer ist als ein Schwimmbecken, macht mir Angst, noch dazu, wenn sie sich bewegt. Ich zog mein

Kleid aus, behielt den Bikini an und tastete mich auf Sand-polstern zwischen spitzen Steinen zum Ufer, machte vor-sichtig ein paar Schritte in die auslaufenden Wellen. Als mir das Wasser über die Knie reichte, tauchte ich kurz bis zu den Schultern in die kühle Nässe, dann drehte ich um und ging zu unseren Badetüchern zurück. Heimo konnte nicht genug bekommen. Er sprang gegen die Wellen an, tauchte durch sie hindurch und schwamm schließlich so weit hinaus, dass ich ihn nicht mehr sah. Als er zurückkam, war er zufrieden. Ich hingegen hatte Hunger. Schon wieder oder immer noch. „Wie lange möchtest du hier bleiben?", fragte ich vorsich-tig. „Wir sind doch gerade erst gekommen", war alles, was er sagte.

Mit dem Trinkwasser ging auch meine Geduld zu Ende. „Ich möchte jetzt gehen." Heimos Schultern waren bereits rot, er hatte sich nicht eingecremt, und offensichtlich hatte auch ihn der Durst gepackt. Das war mein Glück. Wir warfen uns die Tücher über die Schultern und gingen schweigend zurück. Beim ersten Kiosk kaufte er sich eine Flasche Mine-ralwasser und trank sie in einem Zug aus. Ob ich auch etwas wollte, fragte er nicht, und ich hatte kein Geld dabei. „Krieg ich auch etwas?" Mürrisch drückte er mir seine Geldtasche in die Hand und wartete, bis ich einen Schluck aus dem klei-nen Fläschchen Evian gemacht hatte. „Gehen wir jetzt et-was essen?" Er schaute mich an, als hätte ich ihn aufgefor-dert, mir einen Tintenfisch zu angeln. „Die Frau hat immer nur das Eine im Kopf." Aber er ging dann tatsächlich auf die Reihe mit den Restaurants und Imbissbuden zu. „Was möchtest du denn?", fragte ich, bemüht, die schwere

Stimmung aufzulockern. Doch er zuckte nur mit den Schultern und überließ mir die Wahl. Wir aßen schlussendlich Thunfischsteaks mit Chips, saßen an billigen Plastiktischen und hatten etwas Schatten von einer flatternden Markise. Heimo trank einen Liter Wasser und ein großes Cola, ich suchte krampfhaft nach etwas, worüber wir reden konnten. Meine Muschi juckte höllisch, die Hitze hatte mich todmüde gemacht, und ich wusste nicht, wo wir die Nacht verbringen würden. Als ich ihn fragte, meinte er nur, „das sagt dir eh nichts". Ich wäre ihm am liebsten mit dem Arsch ins Gesicht gesprungen. Konnte er nicht eine einzige vernünftige Antwort geben? Ich zählte innerlich bis drei, um ihn nicht anzuschreien, und bestellte mir noch eine crème brûlée. In dieser miesen Reste nimmst du ein Dessert? Ich konnte seinen Gedanken hören. Wie er mich ansah. Der konzentriert arbeitende Barbier von neulich Abend war ein anderer Mann gewesen. Seine Lippen, ihr leises Schmatzen, verrieten, dass er etwas sagen wollte, dass er nach Worten suchte, dass er zu einer Rede ausholen würde, ich zündete mir eine Zigarette an. „Dir kann man einfach nichts recht machen", begann er, und ich lehnte mich zurück. Ich wollte nicht streiten, ich wollte mir einfach anhören, was kommen würde. Der Plan wäre gewesen, führte er aus, etwas westlich von hier den Sonnenuntergang anzuschauen und dann in Aigues Mortes abendzuessen. „Aber du mit deinen Primärtrieben... musst ja hier und jetzt und auf der Stelle etwas zu essen haben, in einer billigen Kneipe mit überteuerter Speisekarte. Ich zeige Madame den schönsten FKK-Strand, und sie bleibt im Bikini auf ihrem Handtuch sitzen, geht nicht einmal ins Wasser. Das war das letzte Mal, dass ich mit dir ans Meer gefahren bin." Ich hörte seine Enttäuschung und beugte mich vor, legte meine Hand auf seine. Er entzog sie mir.

Auf der Fahrt zur nächsten Übernachtungsstation grüßte Aigues Mortes aus der Ferne mit seiner lichterbesetzten, massiven Stadtmauer, und ich fragte mich, ob der Tag anders hätte laufen können, wenn ich. Wenn ich was? Mir am Kiosk ein Baguette gekauft hätte? Keine Fragen gestellt hätte? Mit Heimo in den Wellen gesprungen wäre? Im Hotelzimmer stellte ich ihm wortlos eine Flasche After Sun auf das Nachtkästchen und legte mich ins Bett. Duschen konnte ich am nächsten Tag. Das war jetzt schon so was von wurscht.

DIE Urne mit Heimos Asche wird in einer kleinen Grube des Familiengrabs versenkt, die Kinder legen Schmetterlinge, die sie aus Papier gebastelt haben, auf die Erde, die Erwachsenen eine Blume. Ich schummle einen Brief dazu, auf ein Blatt Papier geschrieben, das ich zusammengerollt und mit einer schwarzen Schleife gebunden habe, schiebe ihn unter weiße Nelken und drapiere Rosen darüber, um ihn unsichtbar zu machen, den Brief an meinen liebsten Ex, so wie ich mich für seine letzte Freundin, die Andere, unsichtbar mache.

Der Brief enthält ein Versprechen. Das Versprechen, ihm ein Buch zu widmen. Ihm, dem unerreichbar Gewordenen, immer unerreichbar Gewesenen, dem Unberührbaren, dessen Berührungen mich tiefer berührt hatten, als von ihm beabsichtigt, geahnt und gewusst. Unser letztes Telefonat – wenn jemand eine Woche später nicht mehr da ist, bekommen letzte Sätze großes Gewicht – hat er mit einer Aufforderung beendet, einer Aufmunterung, „schreib weiter".

Er hat um meine heimliche Liebe gewusst, um die Leidenschaft, alles in Worte zu fassen, was mir begegnet, widerfährt, was mich trifft oder freut. Sie war in den Nächten ohne ihn gekeimt, als ich meiner Sehnsucht nach ihm, dem einst geliebten Walross, nicht anders beikommen konnte als mit Worten und Sätzen, die ich suchte, ringend, das Unbeschreibliche zu beschreiben, diese maßlose Einsamkeit, als ob die Welt um mich herum untergegangen wäre, es nur mehr mich gäbe, ausgesetzt in unendlicher Tristesse, mit einem Fetzen Papier und einem stumpfen Bleistift.

Was in den stummen Stunden, zwischen drei und vier Uhr in der Früh, zwischen Nacht und Morgen, begann, wurde zur Manie. Wann immer ein Gedanke auftauchte, dessen Klarheit mich bewegte, griff ich zu dem Stift, ohne den ich das Haus nicht mehr verließ, musste den Einfall festhalten, auf einem Stückchen Papier, das gerade zu derglangen war, ein Kassabon mit leerer Rückseite, ein Kärtchen mit dem nächsten Zahnarzttermin, Ränder von Zeitungsseiten. Nur Servietten nicht, Servietten nie. Zu weich der Stoff, aus dem sie gemacht sind, zu lattrig der Halt, den sie meinen huschenden Fingern bieten. Gerade Halt war es, was ich suchte, mit der Mine des Stiftes. Zuhause warf ich die Zettel und Kärtchen und Fetzen in eine Schachtel und haute den Deckel drauf.

„Mach doch etwas daraus", sagte Heimo, „eine Geschichte, ein Buch". Und brachte mir ein Notizbuch mit, zu einem Essen, unserem letzten Treffen. Er hatte darauf bestanden, essen zu gehen, nicht nur einen Kaffee zu nehmen, wie wir es in den Jahren gehalten haben, in denen er mit der Anderen zusammen war, möglichst heimlich, am Vormittag, wenn sie in der Arbeit war, wir trafen uns in einem Kaffeehaus, in das sie nie gehen würde. Nein, essen gehen, er wollte mich einladen, obwohl wir Mühe hatten, einen Termin zu finden, zwischen all seinen Arztbesuchen und Familienpflichten. Er war mit der Geburt seiner Großnichten quasi zum Opa geworden, hatte sich ein Smartphone zugelegt, um Fotos herzeigen zu können, ich hatte ihn nicht wiedererkannt. Wir fanden nach drei Wochen Hin und Her ein

Datum und eine Uhrzeit, und ich fragte mich. Warum in aller Welt? Warum wollte er partout essen gehen?

Wir fuhren hinaus aus der Stadt, neu war sein Wagen, ein Toyota mit bequem hohem Einstieg und Hybridantrieb, er war der Peugeots überdrüssig geworden, in ein Wirtshaus mit bekannt guter, regionaler Küche, einer originellen Speisekarte, Heimo konnte Referate über die Einfallslosigkeit von heimischen Wirten halten, die nur Wiener Schnitzel, Knödel und Grillteller anbieten. Er entschied sich für Tafelspitz mit Rösti und Blattspinat, nahm als Nachspeise ein Himbeerparfait mit Schokoladetürmchen und ließ sich darüber aus, dass man mit „ihr" nicht essen gehen könne. Das war also die Antwort auf die Frage, die ich mir gestellt hatte. Mit ihr kann man nicht essen gehen, mit mir schon. Ich konnte mir ein schlimmeres Los vorstellen, als das, zum Essen eingeladen zu werden, weil die Konkurrenz als Tischpartnerin versagte.

Im Auto, bevor ich ausstieg, streckte er sich nach hinten, zur Rückbank, wo ein Papiersackerl lag, schaffte es mit Mühe, ein Eck davon zu erwischen und es zu sich zu ziehen. Er hielt es mir hin, schwer atmend von der Anstrengung, die ihn das Nach-hinten-Greifen gekostet hatte. „Für mich?" – „Für wen denn sonst." Er wollte nicht, dass ich gleich hineinschaute, das wollte er nie, Zeuge des Gesichtsausdrucks sein, den ein Geschenk von ihm hervorrief.

Das Notizbuch, mehr ein Heft, wohnt noch immer in meiner Handtasche. Ich gehe mit den linierten Seiten sparsam um, schreibe mit schmalen, kleinen Buchstaben, in eng gedrängten Zeilen, und radiere aus, was sich nicht bewährt, um Platz zu haben für anderes. Der Druck eines Gemäldes von Niki de Saint Phalle prägt den Umschlag, Heimo hat es bei seiner letzten Kulturtour mit dem Freund gekauft, der nicht genug bekommen konnte von Galerien und Museen, von Bildern und Skulpturen, in einem Museumsshop, dem letzten, bevor Heimos Körper solche Strapazen nicht mehr ertrug.

ERSTE Trauergäste verabschieden sich, die verbleibenden stellen sich zwischen Gräbern zu Grüppchen zusammen. U-schi und ihr Mann gehen auf Konrad zu, Heimos Bruder, um ihm zu kondolieren, ich bleibe unschlüssig stehen, schaue mich um. Wer spricht mit wem, wen kenne ich? Aus dem marmorierten Schatten einer Birke löst sich eine Gestalt und nähert sich dem offenen Grab. Charly nimmt als Letzter die Kugel aus dem Weihwasserbecken und sprengt ein paar Tropfen auf die Urne. Er nickt Heimos Foto auf dem impro-visierten Holzkreuz zu, als ob sie eben einen Schlummer-trunk genommen hätten und das nächsten Mittwoch wie-der tun würden. Als er mich sieht, kommt er her, klopft mir auf die Schulter. „Ja, Schneewittchen, die Guten sterben jung." Er lacht sein kehliges Lachen und geht. Vorher streicht er sich noch eine Haarsträhne hinters Ohr.

Als ich ihn im BarBier das erste Mal bediente, trug er ein blau-grün gestreiftes Poloshirt mit Kappa-Logo und be-stellte eine Flasche Helles. Seine Stimme haute mich um. Sie lockte, verheißungsvoll tief und rau. Ich brachte ihm sein Ottakringer, er streifte mit der Linken seine Haare hinters Ohr, ein Flinserl blitzte auf. Ich hätte gewettet, dass er mit dieser Geste auf die Welt gekommen war. Kaum geschlüpft hat er gerufen, he, ich bin da, Mädels dieser Welt, freut euch. Ich hatte sie noch im Ohr, diese Stimme, und nicht nur dort, als ich nach der Sperrstunde auf dem Mofa saß und nach Hause fuhr.

Am nächsten Tag war er ohne seine Freunde da. „Na, Schneewittchen, gut geschlafen?" Er hätte mir die Getränkekarte vorlesen können, mit dieser Stimme, und ich hätte ihn nicht von der Bettkante gestoßen. Er blieb ein Bier länger als am Vorabend und schlug einen Schlummertrunk im Figaro vor. Während ich die Kaffeemaschine putzte, um den Laden dichtzumachen, lehnte er am Schanktisch, die Seite mit dem Flinserl mir zugekehrt, und summte vor sich hin. Ich nahm Wettex und Geschirrtuch und ging zu den Tischen, da hielt mich sein Ellbogen auf. Charly wechselte vom Summen zum Singen und schaute mir in die Augen. *Ich träume von weißen Pferden, wilden, weißen Pferden an einem Strand.* „Davon träumst du doch, Schneewittchen, nicht?" Ich lachte. Beschämt, weil durchschaut. Bei Georg Danzer schmolz ich immer. Dass er mich Schneewittchen nannte, war mir scheißegal.

Wir gingen dann nicht ins Figaro, dafür hatten wir keine Zeit, sondern direkt zu ihm. Schlichen an seinem schlafenden WG-Kollegen vorbei, der im Durchgangszimmer wohnte, und vertrödelten keine Minute. „Schneewittchen, mein geiles Flittchen", raunte er über mir. Mehr musste er gar nicht tun.

Und dann sitzt diese Fotze auf seinem Schoß.

Ich hatte das BarBier um fünf aufgesperrt, wie jeden Tag, die Fenster aufgerissen und die Stones in den CD-Player geschoben. Bis Joey kam, konnte ich laufen lassen, was ich wollte. *Under My Thumb. Paint It Black.* Nebenher richtete ich die Irokesenschnittchen für den späten Hunger der Studenten, die in ihren Buden auf die Patho-Prüfung streberten. Charly kam mit seinen Eishockey-Mannen und hatte diese schwarzhaarige Bitch im Schlepptau. Mit der setzte er sich auf die Eckbank und bestellte grinsend, als ob nichts wäre, das Übliche. Plus einen Sommerspritzer für die Gans, die sich an seinen Hals klammerte.

Darf die überhaupt schon Alkohol, hätte ich gern gesagt und in die langen, glatten Haare gegriffen, um das Flittchen am Schopf aus dem Lokal zu zerren und die Treppe hinunterzustoßen. Brav brachte ich die Getränke, stellte sie auf den Tisch, kein Tropfen schwappte heraus, ich hatte meine Hand unter Kontrolle, die das Glas gern auf den Tisch gedonnert hätte, mit Wucht, mit Wut, dass ihm das Bier das Shirt versaut, das weiße Poloshirt, in dessen V-Ausschnitt sich Haare kräuseln, während er Danke sagt, mit der Dunkelheit seiner Stimme, die mich so kirre macht. In der Nacht kniete ich dann auf dem kalten Fliesenboden meines Badezimmers und umarmte die Kloschüssel. Sechs Flaschen hatte ich gekippt, aus der Kiste, die ich mir für ihn eingetan hatte, und kotzte alles wieder raus.

Am Mittwoch darauf blieb sein Platz an der Bar leer, und auf der Eckbank, wo er mit der Tussi gefummelt hatte, saß der Verlängerte. Trank einen Kaffee nach dem anderen, elf Tassen, bis es elf war und er bezahlte, wie gewohnt mit der genauen Summe in der Hand und einem knappen Trinkgeld. Wann immer die Tür aufging, fürchtete ich, dass es Charly war. Zitterte dem Moment entgegen, in dem sein Hallo den Raum füllen würde, und ich nicht mehr wissen würde, ob eins plus eins tatsächlich zwei ergibt. „Kommt Charly heute nicht?", fragte ich seine Kumpel. Der sei mit seiner Neuen auf Malle geflogen, nächste Woche komme er wieder. Ich legte Nancy Sinatra auf, *One of these days these boots are gonna walk all over you*, wischte saubere Tische sauber und fragte an jedem, ob es noch Wünsche gebe.

Sobald Tag war, ging ich zu Helgas Frisiersalon. Ganz kurz wollte ich meine Haare haben, radikal weg alles an mir, was nach Schneewittchen aussah. Helga ist keine, die ihren Kundinnen dreinredet, aber einen Moment stutzte sie doch. „Bist du dir sicher?" Ich war mir sicher. Nichts, aber auch gar nichts an mir sollte dem Miststück gleichen, das sich Charly an den Hals geworfen hatte. Mit einem Schnitt der großen Schere fiel mein Zopf auf den Boden, dann arbeitete sich Helga an den Seiten hinauf, und ich sah zu, wie aus Schneewittchen ein Igelmädchen wurde. Die Stoppeln ließ ich mir blond färben.

Beim Aufwachen am nächsten Morgen vermisste ich etwas, aber im Spiegel warf ich mir eine Kusshand zu. Schneewittchen ist tot, es lebe Lara. Joey war schmähstad, als er mich am Abend sah. Einer von den Säufern fragte mich, ob ich unter die Emanzen gegangen sei, zwei tuschelten etwas von frigid, und Heimo, der mittlerweile zum Stammgast geworden war, fand meine Haartracht mutig. Es war mir wurscht, und auch sein Winken mit der Walrosspfote konnte mir an diesem Abend gestohlen bleiben.

Die Woche, in der Charly aus Malle zurückkommen sollte, verging. Er tauchte nicht auf. Das ärgerte mich. Wie gern hätte ich sein blödes Gesicht gesehen, wenn er zur Tür reinkommt, und dann ist eine neue Kellnerin da. Für mein Leben gern hätte ich dieses Gesicht gesehen. Als er dann doch wieder reinschneite, am Mittwoch darauf, war er offensichtlich schon gewarnt. Er bestellte das Übliche, und ich brachte es ihm wie üblich.

Er schien verändert, beließ es bei einem Bier, ging als Erster aus der Runde und lachte nicht so laut wie sonst. Sein bester Freund verriet mir den Grund. Seine Neue habe einen Braten im Rohr. Und zwar nicht erst seit Mallorca. Sie war angeblich im fünften Monat.

Die Neue war also gar nicht seine Neue. Umgekehrt war es gewesen, er hatte sie mit mir betrogen. Das musste gefeiert werden. Ich genehmigte mir einen Pfiff.

Nicht lange danach, vielleicht eine Woche oder zehn Tage später, rief er mich an. Erwischte mich im Nachmittagsdämmer vor dem Sonntagsdienst. „Wie geht's dir?", fragte er. Drei Silben und eine Stimme. Seine Stimme. Sie fachte eine Flamme an. Dafür hätte ich mich fotzen können. „Was willst du?", fragte ich. „Schnackseln", sagte er. „Lässt sie dich nicht mehr?" – „Ich tue dem Baby weh, sagt sie." Wie schön. Da hat er dieses Schneewittchen im Bett und darf nicht. „Bitte!!" Hat er jetzt wirklich Bitte gesagt oder habe ich mich verhört? Möglich. Trotzdem. Danke, nein.

„Ich bin in fünf Minuten bei dir." Er meinte wohl, ich könnte seinem Jack-Nicholson-Smile nicht widerstehen, wenn er erst mal bei mir auf der Matte stand. Und ja, verdammt, damit lag er gar nicht so falsch. Wenn er seinen Schnurrbart zu einem Ohr hinaufzog und dann womöglich noch etwas sagte, mit seiner Ottakringer-Charly-Stimme, wer weiß. Ich hätte die Hand nicht für mich ins Feuer gelegt.

Aber wie er dann vor dem Gartentor stand, in grellbunten Bermudas, mit offenem Hemd und den Flipflops, an denen wahrscheinlich noch der Sand von Mallorca klebte, und den Kopf schieflegte, diesen Blick aufsetzte wie ein Hund, der um Leckerlis bettelt, verging mir jede Lust, sein Gutsele zu sein. „Verpiss dich", sagte ich.

Wie es der Teufel wollte, bat mich Heimo ein paar Tage später um meine Telefonnummer. „Wofür brauchst du meine Telefonnummer?", schnauzte ich ihn an. „Wenn du mit mir schnackseln willst, können wir gleich nach der Sperrstunde zu dir gehen. Du hast doch ein Bett, oder?"

Ich bereute meinen Ottakringer-Charly-Ton auf der Stelle. So wie mich Heimo ansah, blutete sein Walrossbabyherz, und er wandte sich zum Gehen. Ich hielt ihn auf. „Entschuldige", murmelte ich, „i bin im Moment a bissl neben die Schuh". Hastig kramte ich den Bestellblock mit dem Ottakringer-Logo aus meiner Kellnerbörse, kritzelte meine Nummer darauf und riss den Zettel ab. Er zögerte, ihn zu nehmen. „Wenn du immer so forsch bist." Was dann sein würde, ließ er offen und steckte den Zettel in die Hosentasche. An der Tür hob er seine Pfote dieses Mal nicht.

ICH gehe zu Heimos Bruder, dessen Frau, den Neffen und Nichten, um mein Beileid mit einem Händedruck auszusprechen. Alle umarmen mich, drücken mich, halten mich fest. „Du hast dreizehn Jahre lang zur Familie gehört", sagt die Schwägerin und drückt mich noch einmal.

Es waren seine Umarmungen, zu denen ich immer wieder zurückmusste, egal, was zwischen uns vorgefallen war, egal, wie sehr er mich gekränkt hatte. Die Umarmungen eines Walrosses mit seinen langen, weichen Flossen, von denen er eine immer zum Abschied hob, als ob er winken wollte und es dann doch nicht tat, weil nur Kinder winken, aber kein Mann von zwei Metern Höhe, mit einem Studienabschluss in Physik, der Stoffhosen mit Bügelfalte trägt und Hemden, die man bügeln muss. Sie türmten sich in seinem Schlafzimmer, die Hemden nach dem Waschen, bis ein geeignetes Fernsehprogramm lief, vor dem er das Brett aufstellte und den zerknitterten Stoff plättete, während ein Krimi lief, bei dem er nicht jede Szene im Detail sehen musste.

Er war unvermittelt vor mir gestanden, im Geschiebe eines Einkaufssamstags, unter einem Baugerüst, das kein Ausweichen möglich machte. Nachkommende schoben uns näher zueinander, als wir es uns ausgesucht hätten, nach all den Jahren, die vergangen waren, seit er mich im BarBier um meine Telefonnummer gefragt hatte. „Wie geht es dir?" Wir sagten es gleichzeitig und mussten lachen. „Zeit für einen Kaffee?" Sein Walrossbauch war umfangreicher geworden und steckte mich mit seiner Weichheit an.

Über einem großen Braunen für ihn und einem kleinen Schwarzen für mich erfuhr ich, dass er als Meteorologe arbeitete, einen Herzinfarkt überstanden hatte und Single war, weder Familienvater noch geschieden. Die Hand, die er wie eine Pfote gehoben hatte, wenn er das BarBier verließ, griff nach der Geldbörse in seiner Hosentasche. Wollte er schon gehen? Nein. Er blätterte im Fach mit den Scheinen und förderte einen Zettel zutage, der offensichtlich zerknüllt und wieder glattgestrichen worden war. Er trug das Ottakringer-Brauerei-Logo, und meine alte Festnetznummer stand darauf, immer noch leserlich. „Es tut mir so leid", sagte ich und wurde vermutlich schamrot. „Ich nehme an, die Nummer gibt es nicht mehr?" Heimo hatte Recht, natürlich gab es die Nummer nicht mehr. Selbst wenn das Festnetz nicht aus der Mode gekommen wäre, hätte ich sie nicht mehr gehabt, denn ich war in der Zwischenzeit x-mal umgezogen.

In meiner Tasche musste irgendwo ein Kugelschreiber sein, ich wühlte, aber er kam mir zuvor. Zog einen Stift aus der Hemdtasche auf seiner Brust und legte ihn auf das Überbleibsel von meinem BarBier-Block. Ich notierte die Nummer meines Handys und zeichnete ein Mondgesicht mit einem breiten Lächeln dazu und meinen Namen. „Den hätte ich glatt noch gewusst", sagte er und schaute mich mit einem Lächeln an, das nicht mehr so scheu wirkte wie damals, als ich ihm das erste Mal ein Weizenbier eingeschenkt hatte. Während er Papier und Stift wegpackte, beobachtete ich seine Hände, die schmucklosen mit den kurz geschnittenen Nägeln, und spürte das Verlagen, nach ihnen zu greifen, sie festzuhalten, meine Finger um sie zu schlingen, die Wärme aufzusaugen, sie nicht mehr loszulassen, bis ich den ganzen Körper in meinen Armen halten würde wie den Baum in meinem Wald, den ich umarmte, wenn mir niemand zusah, meine Wange an seiner Rinde rieb, wenn die Sonntagssonne zu hell und das Alleinsein zu dunkel war. „Das war ganz schön hart, damals", sagte Heimo, nachdem er die Geldtasche verstaut hatte. „Und zu deiner Frage. Ja, ich habe ein Bett, mit Platz für zwei." Anscheinend hatte er jedes Wort im Kopf, das ich an dem vermaledeiten Abend zu ihm gesagt hatte.

Wir verabredeten uns im BarBier, der alten Zeiten wegen. Ob sie gut oder schlecht waren, ließen wir dahingestellt. Ich zog den kurzen Wollrock an, den mit dem orange-rot-gelben Karomuster, betonte die Schlankheit meiner Beine mit einer schwarzen Strumpfhose, blickdicht und zart schimmernd, wählte die Stiefel mit den schmalen Absätzen. Ich wollte sichergehen. Wollte, dass Heimo nicht anders konnte, als mir seine Walrosspfote auf einen Oberschenkel zu legen, und ich danach greifen konnte, ihn zu mir ziehen, diese weiche Masse, die über dem Nabel hüpfte, wenn er lachte. Er lachte oft an diesem Abend. Als ihn Joey wie einen alten Freund begrüßte, mich seine beste Kellnerin ever nannte, als ich ihm das Schaumbärtchen seines alkoholfreien Weißbiers von der Oberlippe tupfte. Er umschloss meine Handgelenke mit seinen Fingern und hauchte einen Kuss darauf.

Sein Bett war eine Liegewiese in Übergröße mit frischer Wäsche für zwei. Er bestückte die Stereoanlage mit drei CDs und ließ das große Licht an. „Schubert", sagte er, „das ist der Genialste." Er sprach es mit sch aus, der scheniale Schubert. Es hätte gar nicht der innigen Klaviertropfen des zweiten Satzes von Sonate Numero 20 gebraucht, um mich zerfließen zu lassen. Was danach kam, hörte ich nicht mehr. Heimos Finger schafften, was keinem vor ihm gelungen war, nicht einmal Charly. Die Wellen im Tal zwischen meinen Beinen rollten wie die euganeischen Hügel, türmten sich zu Vorläufern der Alpen und gipfelten in der weltalten Majestät eines Großvenedigers.

Wir machten es überall, wo es uns überkam. Auf einem nächtlich verlassenen Waldspielplatz, unter Gipfelkreuzen, neben Bächen, die meine laute Freude übertönten, in seinem Auto. Er hatte einen Narren daran gefressen, mir beim Aufbäumen zuzuschauen, mir beim Weg dorthin zuzuhören und mich nachher in meiner Zerflossenheit zu fotografieren. Ich ging mit nassem Höschen zu den Treffen mit ihm, und es konnte passieren, dass Konzertkarten verfallen mussten, weil sich eine Hand von ihm an meinem Popo verfing, während ich mich zu meinen Schuhen bückte. Politik, Gott und die Welt waren kein Thema. Nur Berge, Seen, Musik und Restaurants, bevorzugt solche mit großzügigen Tischtüchern, unter denen Hände Stellen aufsuchen konnten, die der Kellnerin besser verborgen blieben. Er beklagte wortreich die Verklemmtheit, die ihm die katholische Kirche aufgezwungen hatte, und kämpfte tatkräftig dagegen an. Servierte mir das Frühstück nackt, wenn ich bei ihm übernachtet hatte, briet Eier mit Speck und Chili ohne textilen Schutz und verführte mich sogar, wenn seine Familie in der Nähe war.

Dieses Begehren zu jeder Zeit und an fast jedem Ort führte die Liste der Dinge an, die ich an ihm liebte. Punkt zwei war seine Großzügigkeit, mit der er jedes Essen bezahlte, kein Benzingeld für die gemeinsamen Reisen einforderte, mir von Meteorologiekongressen mal silberne Ohrstecker, mal eine Halskette mitbrachte. Diese Großherzigkeit teilte sich den Platz mit seinen Kavaliersgesten, die zeigten, dass er wusste, was ich mochte. Zu jedem Besuch bei mir brachte er Blumen mit, meine Lieblingssorte der jeweiligen Jahreszeit, Tulpen im Spätwinter, Pfingstrosen im Frühling und Gladiolen im nahenden Herbst. Auf Platz drei oder vier – so wenig verstand ich von Sport, dass ich nicht wusste, wie nach einer Ex-aequo-Platzierung weitergezählt wird – landeten die Textnachrichten aus seinen schlafarmen Nächten. Oft hatten sie mit dem Fernsehprogramm zu tun, das er sich reinzog, bis er wieder wegdöste. *Schade, dass du schläfst – auf arte gibt es einen Schubert zum Niederknien,* schrieb er dann oder *Die Fassbaender gibt gerade den Hänsel* oder *Karajan dirigiert Beethoven, zeitlos großartig.* Am liebsten waren mir die eindeutig zweideutigen, *grapschgrapsch* oder *Habe Karotten gekauft.* Nachdem ich ihm gestanden hatte, was ich in jungen Jahren mit dem Gemüse angestellt hatte. Beim Rendez-vous darauf wärmte er mir eine an und sah zu, wie ich mich damit vergnügte. „And now the real stuff", sagte er danach und machte sich von hinten an mich heran. „Du kannst zweimal, ich weiß es." Und ich konnte ein zweites Mal.

DIE Gegend um den Pragser Wildsee ist kein Hort der Ungestörtheit. Konrad hatte die Wanderung in Südtirol vorgeschlagen, weil sie keine steilen Passagen enthielt, die den Kindern den Spaß verderben würden. Wir fuhren im Konvoi, Konrad mit Anhang voraus, Heimo und ich hintennach. Eine Situation, die meinem Liebsten nicht behagte. Normalerweise war er derjenige, der Routen und Rastplätze wählte sowie den Zeitpunkt des Aufbrechens festlegte, und familientaugliche Ausflüge kamen sowieso nicht in Frage, so etwas klang nach Gemütlichkeit, Fadesse, mangelnder Herausforderung. Er bevorzugte ehrgeizigere Projekte, steile Anstiege, mindestens einen Gipfel oder wenigstens große Entfernungen. Ich war überrascht, dass er sich auf die Idee eingelassen hatte, und gespannt, wie lange es dauern würde, bis er versuchen würde, das Heft an sich zu reißen.

Er ergatterte eine schattige Stelle für sein Auto auf einem asphaltierten Parkplatz, der groß genug war, um den Wochenend-Ansturm der Blechmassen zu fassen, bezahlte ohne zu murren die verlangte Gebühr und lobte sogar die vorbildliche Ausstattung mit Kabinen für dringende Bedürfnisse und einem Getränkeautomaten. Ich streckte mich in der frühen Vormittagssonne, band mir ein Kopftuch um und schnürte meine Schuhsenkel. Als Heimo mit dem Parkschein vom Automaten zurückkam, stellte er sich hinter mich und lehnte seinen Bauch an meinen Rücken. „Ich täte jetzt lieber etwas anderes", sagte er.

Wir gingen einen breiten Schotterweg gemächlich bergauf, vor uns, hinter uns und uns überholend Wandervolk in allen

Alters- und Gewichtsklassen. Heimo auf einem Trampel-
pfad mit einer Herde wandernder Schafe, das konnte nicht
lange gutgehen. Bei der ersten Bank war es dann soweit. Er
blieb stehen und entfaltete eine Wanderkarte. Ich hielt
mich auf Distanz, einen Streit wollte ich nicht miterleben.
Ich sah ihn gestikulieren, den Finger auf die Karte legen, auf
Konrad einreden. Der legte den Kopf schief und folgte Heimos Finger auf der Karte. Wir Nachzüglerinnen holten unsere Wasserflaschen aus den Rucksäcken und stillten den
ersten Durst, während vorne Konrad nickte und Heimo die
Karte zusammenfaltete. Er hatte sich wohl durchgesetzt.
Bald zweigten wir auf einen moosigen Pfad ab, der weniger
breit und weniger begangen war, eindeutig die schönere
Variante. Die Kinder fanden Fliegenpilze, ihr Vater erzählte
ihnen eine Geschichte dazu, und bald sangen sie alle miteinander *Ein Männlein steht im Walde, gar still und stumm.
Es hat von lauter Purpur ein Mäntlein um*. Ich machte das
Schlusslicht, mit einigem Abstand. Auf dem Boden glänzten
Tschurtschen, ich hob eine auf und trug sie eine Weile in
der Hand, knuddelte sie mit den Fingern. Ja, ich wäre dabei
gewesen, bei dem anderen, das Heimo gern getan hätte.

Als das Gasthaus in Sicht kam, blieb Heimo stehen und wartete auf mich. Zu den anderen sagte er, sie sollten schon
mal vorgehen, wir kämen gleich nach. Er marschierte von
der Hütte weg, eine kleine Erhebung hinauf, ich folgte ihm.
Auf der abfallenden Hügelseite standen Bäume locker beisammen, ohne Unterholz. Heimo legte sich ins Moos und
griff nach meiner Hand. Ich ließ mich zu ihm ziehen, lachte
und sagte, „hast du eine Tschurtsche in der Hose or are you

glad to see me?", öffnete seinen Gürtel. Er fasste unter mein Hemd, wir schwitzten beide, machte den Reißverschluss meiner Hose auf. Er kam schnell und leise, dann zogen wir uns wieder an.

Nachher trotten wir auf die Terrasse der Jausenstation zu, als ob wir eine Aussprache gehabt hätten, die nicht gut gelaufen ist. Ich hielt zwei Meter Abstand zu ihm und setzte mich ans andere Ende des Tisches. Während ich die Speisekarte studierte, summte mein Handy. Ich warf einen kurzen Blick darauf. *Schlimmes, schlimmes Mädchen*, hatte Heimo geschrieben. *Wenn das die Familie wüsste*. Ich packte das Phone schnell weg und versteckte mein Grinsen hinter der Speisekarte. Nachdem ich bestellt hatte, beteiligte ich mich an der Unterhaltung, familientauglich.

WIE er das immer schaffte, aus dem Gewirr von Linien, Symbolen, Farben und Buchstaben in Wanderkarten abzulesen, wie steil oder eben ein Weg ist, wo man abzweigen muss, wo einen Bach queren, wo Geröllfelder lauern, das faszinierte mich. Einerseits. Andererseits störte es mich, dass ich mir selbst keinen Einblick in die Tour verschaffen konnte. Einen anderen Menschen hätte ich gebeten, mich in das Geheimnis einzuweihen, aber Heimo verlor gleich die Geduld, wenn ich etwas nicht sofort und auf der Stelle verstand. Darauf konnte ich verzichten und trottete meistens wie ein Hündchen hinter ihm her. Ein Hündchen, das immer öfter mit unwirschen Worten abgespeist wurde.

Er marschierte einfach los, die Stöcke in den unschuldigen Almboden rammend, scherte sich keinen Deut darum, ob ich ihm folgte. Es war Hochsommer, heiß und gewitteranfällig, ich hatte mir gewünscht, der Hitze im Tal zu entfliehen, in hoher Höhe zu wandern, wo es kühler war. Als ich aufwachte, allein in dem französischen Bett der Ferienwohnung, die er gebucht hatte, weil er eine Couch brauchte, auf die er flüchten konnte, wenn er wach lag, um drei in der Früh, ohne Hoffnung, wieder einzuschlafen, saß er am Tisch, eine Karte vor sich ausgebreitet, mit nacktem Hintern auf dem gepolsterten Sessel. Bei ihm zuhause ließ ich mir das einreden, obwohl ich es auch dort ätzend fand, unhygienisch. Ich hatte gelernt, es im Ordner Heimos-Aufbegehren-gegen-die-verfickte-Verklemmtheit abzulegen.

Wir nahmen die erste Gondel, und ich wollte wissen, welches Ziel er anpeilte. „Enzianhütte." Er stöhnte genervt, und ich verzichtete darauf zu fragen, wie weit das ist, und ob er einen Gipfel eingeplant hat. Bei der Bergstation hatte es schon achtzehn Grad, für den Nachmittag waren Unwetter angesagt. Ich trottete hinter ihm her, versuchte, mich auf meine Füße zu konzentrieren, die auf dem weichen Boden federten, und so meinen Ärger unter Kontrolle zu bringen, blieb immer wieder kurz stehen, um die Weite der Landschaft aufzusaugen, mich am Grün des Plateaus zu weiden, seinen sanften Hügeln, zwischen denen keine schroffe Erhebung lauerte, auf die mich der grantige, hantige Bergführer zwingen konnte.

An einer Weggabelung stellte ich meinen Rucksack ab, trank ein paar Schlucke Wasser und studierte die gelben

Wegweiser, die mehrere Ziele nannten. Der Pfeil zur Enzianhütte wies nach rechts. Heimo war links abgebogen. Ich rief ihn, wollte, dass er stehenbleibt, mir erklärt, warum er nicht dem Wegweiser gefolgt ist. Er drehte sich nicht einmal um, er verlangsamte nicht einmal seinen Schritt. Mechanisch setzte er einen Fuß vor den anderen wie diese Spielzeugfiguren, die ich als Kind mit einer Schraube aufgezogen und auf den Tisch gestellt habe, wo sie stur geradeaus wackelten und am Ende von der Kante stürzten. Auf dem Boden strampelten ihre Beine so lange nutzlos in der Luft, bis das Werkel abgelaufen war.

Ich verstaute die Thermoskanne und folgte dem Wegweiser. Ich hatte einfach keine Lust, das folgsame Hündchen zu spielen. Nach wenigen Schritten erwischte mich der erste schwere Tropfen, binnen Sekunden wurden es viele, die Wolke über mir war mir gar nicht aufgefallen. Ich pfefferte meine Stöcke in die Wacholderstauden, zerrte den Regenponcho aus dem Rucksack und steckte in der Hektik die Arme durch die falschen Öffnungen. Zuerst den Rucksack auf den Rücken, fiel mir ein, dann erst die Pelerine darüber, sonst wird alles nass, auch mein Handy, das in der größten Not zum Retter werden kann. Noch bevor ich sie richtig anhatte und die Kapuze über den Kopf ziehen konnte, wurden die Tropfen zu Hagelkörnern. Schmerzhaft prallten sie auf meine nackten Arme, für die der Poncho keinen Schutz bot, und mich packte Panik. Nirgendwo ein Felsvorsprung, unter den ich hätte fliehen können, keine Hütte, nichts. Heimo nach. Etwas Besseres fiel mir nicht ein. Ich lief, rief, stolperte.

Kaum war ich um den Hügel herum, an dessen Fuß die Wegweiser standen, hörte der Hagel auf, und keine fünf Minuten später schien wieder die Sonne. Nur oberhalb der Stelle, wo mich der erste Tropfen getroffen hatte, hockte noch die Wolke, die mich für meinen Eigensinn bestraft hatte. Nach eineinhalb Stunden erreichte ich die Hütte. Auf der Terrasse saß Heimo im Schatten eines Sonnenschirms und grinste schadenfroh. Als ob er genau wüsste, was die eine Wolke, die gemeine, mir angetan hatte. Womöglich hatte er sie schon beim Hochfahren im Auge gehabt und geahnt, oder gewusst, was sie im Schilde führte. Form, Farbe, Konsistenz, was weiß ich, was ein Wetterfrosch wie er alles wahrnimmt und welche Schlüsse er daraus ziehen kann. „Sag nichts", presste ich hervor und wollte meine Stecken abstellen. Doch die hatte sich der Wettergott unter den Nagel gerissen. Ohne Opfer sollte ich nicht davonkommen, wenn er mich schon unversehrt gelassen hatte.

Der Rest der Wanderung war ein Sonntagsspaziergang, ohne Eskapaden wie die Besteigung des Berges, der dann doch noch auftauchte, oder den Umweg über eine Schlucht, zu der halsbrecherische Stufen hinunter und endlose auf der anderen Seite wieder hinaufführten. Wir wanderten in einem weiten Bogen um den Hügel herum, hinter dem mich der Hagel erwischt hatte, und passierten die Stelle, wo ich meine Stöcke hingeworfen hatte. Sie lagen noch dort.

IM Kiesbett unter großen Kastanienbäumen sind vier lange Tische gedeckt, die Stühle zu einem Gutteil schon besetzt. Ich bleibe am Rand des Gastgartens stehen und überlege, wo ich mich hinsetzen soll. Der Tisch vor mir ist offensichtlich für die Familie gedacht, Konrad sitzt mit seiner Frau schon dort, zwei ihrer Kinder auch, während die Enkel unter der Rutsche weiter hinten mit Kieselsteinen spielen. Konrad winkt mir, „setz dich doch zu uns". Das freut mich, aber ich lehne ab, mich dreimal bedankend. Bestimmt wird auch die Andere an diesem Tisch Platz nehmen. Ich schaue mich nach einer alternativen Möglichkeit um. Nicht alle, die zu diesem Leichenschmaus eingeladen sind, kenne ich, doch an jedem der drei in Frage kommenden Tische gibt es jemanden, mit dem ich Erinnerungen an Heimo aufleben lassen könnte. Am hintersten erhebt sich Uschi und klopft mit der flachen Hand auf den freien Stuhl neben sich. Diese Einladung nehme ich gerne an.

Mir gegenüber sitzt ein Typ, der seinen Cowboyhut aufgelassen hat. Das muss Heimos Musikfreund sein, den ich nie kennengelernt habe, von dem aber oft die Rede war. Weil er auch in Konzertsälen seinen Hut aufbehielt. Heimo regte diese Unsitte auf, er rüttelte deswegen aber nicht an der Tradition, mit dem Irren, wie er ihn wiederholt nannte, zu den Abokonzerten im Münchner Gasteig zu fahren. Während er mir den Fächer verbot, mit dem ich mir Kühlung zufächelte, und mir androhte, mich nie mehr wieder in ein Konzert mitzunehmen, wenn ich ihn nicht sofort weglegte, als wir in Erl waren und das Sommerhaus der Festspiele tropisch aufgeheizt. Vermutlich war es der Leidenschaft für

Schubert und Beethoven, Mahler und Schostakowitsch ge-schuldet, die der Freund mit ihm teilte, dass Heimo mit der Hut-Marotte lebte. Verziehen hat er sie nie. Nach jedem Abokonzert war der unmögliche Hut Thema, bevor Heimo die Qualität der Aufführung schilderte. Meist voll des Lobes. Sinfonien und Konzerte, ab und zu auch Opern, waren das, was ihn zum Schwärmen bringen konnte, kleine Formen in-teressierten ihn weniger. Kammermusik kam nur dann zum Einsatz, wenn sie dazu dienen konnte, mich in Stimmung zu bringen, wie die Klaviersonate in unserer ersten Nacht auf seiner Liegewiese. Er hörte Nuancen, wie sie nur ein Lieb-haber hören kann, der in seinem CD-Regal fünf und sechs verschiedene Aufnahmen ein und desselben Musikstücks stehen hat, von Bernstein bis Ozawa am Pult von Wiener und Berliner Philharmonikern oder Orchestern, von denen ich noch nie gehört hatte. *Somewhere over the rainbow*. Hätte ihm das wirklich gefallen? Zu meinem Bild von ihm passt es nicht. „Anscheinend hat er sich das gewünscht", sagt mein Hutgegenüber, als ich ihn darauf anspreche.

Heimos Androhung, mich nie mehr in ein Konzert mitzuneh-men, hatte mich getroffen. Obwohl ich ursprünglich mit der Klassikecke von Musik nichts am Hut hatte. Aber sein seli-ges Schweigen, wenn er Schuberts Großer Sinfonie lauschte, und seine Verzückung, als Anne-Sophie Mutter mit Tschaikowsky zugange war, blieben nicht ohne Wir-kung. Immer öfter bekam ich Gänsehaut bei einem Akkord, einem Thema oder einem ganzen Satz und begann sogar, im Radio klassische Musik zu hören, während ich meine Wohnung aufräumte. Eine ernstzunehmende Musikpartnerin wurde ich für Heimo trotzdem nie. Zu sehr gefiel mir das Gefällige, zu wenig öffneten sich meine Ohren für Feinheiten abseits des Populären. Er sprach mit mir nicht über die Musik und ihre Interpretationen, er dozierte. Wie er es auch bei Politik machte, einem Thema, das mir zuwider ist. Dafür schalt er mich, hieß mich ignorant, und ich lernte, die Musik strategisch einzusetzen. Wenn mich seine Monologe nervten, die Rage, in die er sich reden konnte, wechselte ich das Thema, anstatt ihm an die Gurgel zu springen. Um seinen Redefluss zu stoppen, der mich mit seinem gnadenlosen Pessimismus niedermachte, fragte ich nach einem Konzert, von dem er mir noch nicht berichtet hatte, oder nach einer CD, die er sich neulich gekauft hatte. Dann nahm der Fluss eine andere Richtung, wurde heller und bedrohte mich nicht mehr.

„Was jetzt wohl mit seinen CDs passiert?", frage ich. Beide freien Wände in seinem Schlafzimmer waren bis obenhin mit ihnen vollgestellt. Einmal habe ich ihm geholfen, ein zusätzliches Regal aufzubauen, denn trennen konnte er sich von keiner, nicht einmal dann, wenn er sie doppelt gekauft hatte, weil ihm der Überblick abhandengekommen war. „Die bekomme ich", sagt der Musikfreund.

Heimo hat demnach Vorsorge getroffen. Das passt zu ihm, „für alle Eventualitäten gerüstet sein", hat er mir für unsere gemeinsamen Ausflüge und Reisen empfohlen. Wahrscheinlich hat er es mit seiner letzten Reise auch so gehalten und vor Jahren schon eine Excel-Datei angelegt und darin wesentliche Parameter notiert. Welche Musik beim Begräbnis gespielt wird, was mit seinen Sachen passieren soll, wer zum Leichenschmaus kommen darf, was auf seinem Grabstein zu stehen hat.

Der Gesündeste war er die letzten Jahre nicht. Er aß zu viel, bewegte sich zu wenig, das sagte ihm sein Arzt regelmäßig. Das Rad im Bad hatte schon zu meiner Zeit Staub angesetzt, die Kufen der Rodel Rost. Aber er liebte nun mal das Essen und das Bier und den Passivsport vor dem Fernseher, egal ob Giro d'Italia, Tour de France, La Vuelta oder Paris-Roubaix, diese Pflastersteinhölle, die ihm besonderes Vergnügen bereitete. Über sein Herz hat er allerdings nicht mehr geklagt. Vielleicht weil ich nicht mehr da war, um es ihm täglich zu brechen, mit meinem Eigensinn, meiner Widerspenstigkeit, meiner Streitlust, meinem Esoterikfimmel, meinem Desinteresse für Politik, meinem oberflächlichen Musikgeschmack und den immer falschen Schuhen.

BEI einem unserer Aufenthalte im Trentino nahm ich seine
Ankündigung, wir würden einen Spaziergang machen, wört-
lich und zog Turnpatschen an. Wir waren da schon sechs
oder sieben Jahre zusammen, ich hätte wissen können, wissen müssen, dass Heimo keine Spaziergänge macht. Andererseits wollte er aber immer, dass ich ihn beim Wort
nehme, anstatt in seine Worte etwas hineinzuinterpretie-
ren. Er hatte Spaziergang gesagt, also kleidete ich mich spa-
ziergangkompatibel. Bis zu einem See ging es auch wirklich
kommod dahin, durch einen Märchenwald mit viel Moos
und Sonnenflimmern, dann aber, obwohl es mir gereicht
hätte, am Ufer sitzen zu bleiben und in die Landschaft zu
schauen, musste ein Gipfel erklommen werden. Der Weg
war so steil, dass ich schon beim Aufwärtsgehen ins Rut-
schen kam. Mir schossen die Tränen in die Augen, ich
konnte gar nichts dagegen machen, und fragte Heimo verzweifelt, wie ich denn da wieder hinunterkommen solle. Er
stand ober mir, lachte mich aus, wie kann man auch mit solchen Schuhen auf einen Berg gehen, und zeigte mir, wo die
Tour wieder abwärtsführte: durch eine Schotterrinne. Das
ist so ziemlich das Biestigste, was mir ein Berg bieten kann.
Mein Vater hat mir gezeigt, wie man in diesen Geröllfeldern
abfährt, schnell und leicht wie eine Gämse, ohne dass man
auf halbem Weg mit Nähmaschine in den Schenkeln stehen
bleiben muss. Neben Schuhen mit ordentlichen Profilsoh-
len und starkem Halt für die Knöchel erfordert diese heiße
Fahrt auf den Steinen eine eigene Technik, die ich nie der-
lernt habe. Immer zitterte ich mich über diese Schotterkare

nach unten, egal, mit wem ich am Weg war, alle mussten ewig auf mich warten, bis ich es endlich geschafft hatte.

Ich ließ mich auf den Boden fallen, greinte wie ein kleines Kind und weigerte mich weiterzugehen. Anscheinend bekam er Mitleid mit mir oder doch die Andeutung eines schlechten Gewissens oder das Verantwortungsgefühl für eine, die mit den falschen Schuhen unterwegs war, jedenfalls zupfte er seine Karte aus dem Rucksack, studierte sie und fand einen anderen Weg ins Tal, einen, der zwar länger, dafür aber weniger abschüssig war. Ich fiel ihm nicht zum Dank um den Hals, sondern schmollte, bis er mir im Bett seine Walrosspfote auf den Bauch legte.

DIE Tage zwischen Nationalfeiertag und Allerheiligen verbrachten wir meist im Trentino. Heimo mochte es, die schroffen Kalkriesen zu umrunden, die sich dort auftürmen und im späten Herbst weiß in einen tiefblauen Himmel leuchten, unten von Bändern gelber Lärchenwälder gesäumt. Ich liebte diese Farben, ihre Intensität und Klarheit, und die Temperatur der Luft, die zwar schon den Winter ahnen ließ, mich aber noch nicht frieren machte. Einmal gerieten wir in eine Bergmesse, ein anderes Mal wurden wir Zeugen eines Polentafests, und immer wieder barg die Speisekarte einer malga eine Überraschung.

Auf der Fahrt nach Moëna hielt Heimo schon vor Trient an einer Raststätte, um sich ein Cola zu holen und schwieg so beharrlich, dass ich mir Sorgen machte. Normalerweise ließ er bei solchen Fahrten Schimpftiraden über den neuesten

Sager des Landeshauptmanns oder die aktuellste Entscheidung des Parlaments vom Stapel und lamentierte über die dilettantische Wettervorhersage des Deppenfunks.

So derb konnte er werden, wenn er Dummheit vermutete. Ging es um sein Fachgebiet, um Kaltfronten, Tiefdruckgebiete, Troglagen, Föhneinbrüche, Schneefälle oder Hitzewellen, war die Dummheitsvermutung rasch bei der Hand, er redete sich in eine Rage, die einem Donnerwetter in nichts nachstand. Besonders dann, wenn seine Wettermodelle keine seriöse Prognose erlaubten, im Radio aber so getan wurde, als wäre der Wetterlauf der kommenden Tage ein offenes Buch und in Gewissheit gemeißelt. Wenn er sich wieder beruhigt hatte, zerklaubte er vor meinen Ohren für ihn offensichtliche Rechenfehler, die Ankündigung etwa, Südföhn würde das Tal an einem Märztag auf zwanzig Grad aufheizen. Das widersprach seiner Berechnung. Die komprimierte Luft, die bei Föhn vom Berg ins Tal strömt, kann sich nicht mehr als um einen Grad pro hundert Höhenmeter erwärmen, erläuterte er. Am Gipfel des Runden Kofel habe es im Moment minus drei Grad, also könnten es im Tal höchstens fünfzehn werden. „13°", simste er mir am nächsten Tag, als der Föhn durch die Stadt brauste. „Was habe ich dir gesagt?" Dazu das Emoji eines muskelbepackten Oberarms.

Nachdem wir von der Autobahn abgefahren waren und auf Bergstraßen unterwegs, kam kein Hier-bin-ich-einmal-mit-dem-Rad-gefahren, kein Hier-hat-mich-der-Regen-erwischt oder In-dieser-Steigung-hätte-ich-beinahe-aufgegeben. Als ich mir eine Kaffeepause wünschte, steuerte er ohne Widerrede einen Kiosk mit Aussicht an, und als ich mir eine

Zigarette anzündete, schaute er nicht einmal her. „Was ist los mit dir?", fragte ich. „Was soll schon los sein?"

In der Tiefgarage des Hotels standen gerade einmal fünf Autos, obwohl von den anderen Herbergen des Ortes kaum eine geöffnet hatte, die Ruhe vor dem Wintersturm. Wir spazierten durch das Dorf, das wie eine schlafende Prinzessin wirkte. Die Bäckerei hatte offen, eine salumeria auch, die Trafik und ein Souvenirladen, dann waren wir schon beim Bach, von dem wir uns in einen Wald begleiten ließen. Dort, wo sich die Bäume wieder lichteten und die Wiese begann, stand eine Bank. Heimo steuerte sie an. Das hatte er noch nie getan. Immer war ich es, die nach einer Rast verlangte, während Heimo erst dann innehielt, wenn es seine Planung vorsah.

Am nächsten Morgen saß er nicht über eine Wanderkarte gebeugt am Tisch, als ich munter wurde, sondern lag noch neben mir, den Zeigefinger an die Halsschlagader gepresst. Der Puls war viel zu hoch. Meinen Vorschlag, einen Arzt aufzusuchen, quittierte er mit dem Heben einer Augenbraue. „In Italien?!" Ich sparte mir weitere Ratschläge. Als wir dann unsere Rucksäcke in den Kofferraum verfrachteten, fragte ich ihn, ob ich fahren solle. „So weit kommt's noch", sagte er und setzte sich ans Steuer.

Er hielt auf einem Parkplatz, der sich leer vor uns ausdehnte, das Mauthäuschen verwaist, das Wohnhaus dahinter verlassen, ein schiefes Schild mit verblasster Schrift, Ziel und Zeitangabe unleserlich. Der geschotterte Weg führte fast eben durch struppig grüne Wiesen, in denen vereinzelt trockene blaue Beeren an niederen Stauden hingen. Dahinter das dichte Gelb der Lärchen, aus dem die weißen Riesen eines Kalkmassivs wuchsen. Das einzige Geräusch war das Knirschen des Kieses unter unseren Bergschuhen. Das Ziel war bald erreicht, ein paar Almhütten, die lose in die Landschaft gestreut dastanden, Fenster und Türen mit Balken verriegelt.

Wir setzten uns auf eine Bank aus roh gezimmertem Holz, um uns herum war es stumm. Da summte kein Insekt, da murmelte kein Bach, da war kein Rascheln im trockenen Gras, da war nur Stille, eine große, mächtige, gewaltige Stille, die mich frösteln ließ. Sie wurde laut, schrie, donnerte. Ein Winter wird kommen, und er wird hart sein. „Lass uns bitte gehen", flüsterte ich.

Das Abendessen wurde um neunzehn Uhr serviert. Vorher setzten wir uns in die Sauna, wo wir die Einzigen waren. Heimo griff halbherzig zwischen meine Beine, als ob er eine Pflicht zu erfüllen hätte. Ich zog seine Hand heraus und verschloss die Oberschenkel. Er wirkte erleichtert. Vor dem Speisesaal begrüßte uns der Hotelchef, geleitete uns zum Tisch. Auf der Türschwelle sank Heimo in die Knie, ich versuchte ihn zu halten, ein kläglicher Versuch. Der Hoteldirektor zog geistesgegenwärtig einen Stuhl heran, Heimo schaffte es, sich darauf sinken zu lassen, eine Angestellte lief um ein Glas Wasser. „Sollen wir die Ambulanz rufen?" Heimo nickte schwach. Bevor ihn die Sanitäter in den Transportstuhl hievten, drückte er mir seinen Autoschlüssel in die Hand. Wohin sie ihn bringen würden, fragte ich. Ich rannte in die Tiefgarage, startete den Wagen, rückte Sitz und Rückspiegel notdürftig zurecht, flehte den Hl. Antonius um Hilfe an und schaffte es gerade rechtzeitig aus der Garage, um den Rettungswagen am Ende der Straße rechts abbiegen zu sehen. Ich heftete mich an sein Blaulicht, bis es in Cavalese in einer Toreinfahrt verschwand, und fuhr auf den Besucherparkplatz. Durchatmen, Schweiß abwischen, Antonius danken. Dann schlug ich mich mit meinem bruchstückhaften Italienisch zu dem Behandlungszimmer durch, in das man Heimo gebracht hatte. Als ich eintrat, saß er auf einer Untersuchungsliege, hatte wieder Farbe im Gesicht und unterhielt sich auf Deutsch mit einer Ärztin. Die lächelte mich beruhigend an, nur ein Kreislaufkollaps, ich könne meinen Mann wieder mitnehmen. Der steuerte wie selbstverständlich auf die Fahrertür zu und nahm hinter dem Lenkrad Platz.

Zurück im Hotel bedankte er sich und ging zu Bett. Ich stellte mich unter die Wärmelampe des Raucherecks im Gastgarten und wettete darauf, dass dies das einzige Mal gewesen sein würde, in dem mir Heimo freiwillig den Schlüssel zu seinem Wagen ausgehändigt hatte.

Die Kontrolle abzugeben, das war nicht seine Kernkompetenz, sich fallen lassen erst recht nicht, außer in der einen Sekunde, nachdem er gekommen war und auf die Matratze sank. Da gab sein Körper nach, da beendete der Geist das Kontrollieren, das Auf-der-Hut-Sein, das Immer-muss-man-alles-selber-Machen, das Misstrauen, das Ich-kann-das-Besser. Selbst auf langen Fahrten wie von Albruggen nach Rennes oder Grosseto oder Weimar gab er das Steuer nie aus der Hand, kämpfte mit Cola gegen das Niedersinken der

Augenlider, lehnte mein Angebot ab, ein Stück zu fahren. Nicht dass er Angst um seinen Wagen gehabt hätte, er war kein Fetischist, nein. Er konnte es schlicht nicht, die Kontrolle abgeben, sich fallen lassen.

Es muss ihn einiges an Überwindung gekostet haben, mein Geburtstagsgeschenk anzunehmen, das ich mit einer Bedingung verknüpft hatte. Ein Ausflug zu großen Biertischen mit großer Brauereivielfalt bei unserem großen Nachbarn. Weil ich ihn lächeln sehen wollte, den großen Mann, selig schon beim Lesen der Getränkekarte, zufrieden damit, auf einer massiven Bank an einem massiven Holztisch zu sitzen, frohgemut angesichts der Brotzeiten, die aufgetragen wurden. Er sollte alles trinken können, was ihn glustete und was er sich sonst versagte, weil er ja fahren musste und deshalb Alkoholfreies nahm, nachdem er mir die Bierspezialitäten aufgezählt hatte, die es in der jeweiligen Wirtschaft gab. Bayern ist reich an bierischen Besonderheiten, jeder Ort quasi eine eigene Brauerei und eine eigene Marke, und wir verbrachten alle Ostern dort, um von dem Genuss zu naschen. Bad Tölz, Landshut, Augsburg, Regensburg und Benediktbeuern hatten wir besucht, besichtigt und verkostet. Und immer hatte Heimo Andechs erwähnt, die Klosterbrauerei, den See. Bis ich ihn einlud und darauf bestand, die Rückfahrt zu übernehmen. Mir machte es nichts aus, an einer Rhabarberschorle zu nuckeln, während er sich vom Hellen über den Weizenbock bis zum dunklen Doppelbock durchkostete und sich über das Brettl mit Speck, Wurst, gekochtem Ei, Opatztem, Radi und Breze hermachte. Mehr als einmal streichelte er meine Wange, suchte ein großer Zeh unter dem Tisch einen Fuß von mir, während er schwadronierte, die Landschaft pries, die hohe Kunst des Brauens und ganz darauf vergaß, dass wir uns auf katholischem Hoheitsgebiet befanden, wo an jeder Weggabelung ein Kreuz steht, dass die Männer nackte Wadln zeigten, was für ihn auch bei vierzig Grad ein No-Go war, dass manche von ihnen mit Hut am Tisch saßen, eine Missachtung der Benimmregeln, die Heimo an anderen Orten mit Vehemenz abgeurteilt hätte.

Seine Schritte waren schwerer als sonst, als wir zum Auto zurückgingen, und mich an seiner Stelle hätte im Beifahrersitz sofort der Schlaf weggebeamt. Heimo aber saß mit aufgerissenen Augen, starr nach vorn schauend, neben mir, während ich den kompakten Van pilotierte, den er damals hatte, es still für mich genießend, hoch über der Straße zu thronen und mit einem leichten Tippen auf das Gaspedal in die Geschwindigkeit zu rauschen. Wir waren auf einer Autobahn, wir waren in Deutschland, diese Freiheit kostete ich aus. Heimo kommentierte es nicht, weder mit Worten noch mit einem Verziehen des Gesichts, er starrte nur, hochkonzentriert, um die Augen offen zu halten. Ich hätte ihm gewünscht, er könnte auch diesen Teil meines Geburtstagsgeschenks genießen. Doch das konnte er nicht.

So wenig, wie er einen gemeinsamen Urlaub gemeinsam mit mir planen konnte. Zu Beginn ließ ich mich gern verwöhnen, bestieg das Flugzeug, das er gebucht hatte, lobte das Hotel, das er gefunden hatte, machte das Programm mit, das er zusammengestellt hatte. Vor der Reise nach

Rügen überreichte er mir zwei DIN-A4-Blätter, auf denen das Programm aus-gedruckt war, das er zusammengestellt hatte. Zwei Tage Weimar, mit Goethe-Haus und einem Goethe-Theaterstück, sieben Tage Rügen mit FKK- und Textilstrand, wahlweise, je nach Lust und Laune, plus eine Fahrt mit dem Rasenden Roland, einmal mit einem Ausflugsschiff die Kreidefelsen entlang, eine Wanderung im Nationalpark. Auf der Rückfahrt drei Tage Dresden, Zwinger, Grünes Gewölbe, eine Open-Air-Oper an der Elbe, *Der Freischütz*. Und zwei Aussichtstürme, an einem Tag. „In der Frauenkirche gehe ich mit dir hinauf, aber den zweiten machst du allein, ich gehe derweil einen Kaffee trinken", sagte ich leichthin. Und verdarb damit alles. Den Abend beim Griechen, wo er mir die Liste überreicht hatte, den nächsten Tag und alle künftigen Reisen. Er riss mir die Blätter aus der Hand, stopfte sie in die Innentasche seines Sakkos und sagte, „was für ein schöner Abend heute. Aber vielleicht ist das Madame ja zu viel, denn es ist schon der zweite schöne Abend hintereinander". Mir blieb die Spucke weg. Was, zum Teufel, hatte ich Schlimmes gesagt? „Wenn dir meine Pläne nicht genehm sind, dann plan doch du", zischte er und winkte dem Kellner.

Das wollte ich machen, die nächste Reise planen. Redete mir aber vorher den Mund fusselig. Dass er wunderbare Programme mache, mir die tollsten Sachen zeige, dass ich froh sei, nicht selbst nach Hotels suchen zu müssen. Was ich nicht sagte: Dass nie Zeit für Unvorhergesehenes blieb, für Überraschungen, für Planänderungen. Dass ich zum Beispiel auf dem Weg nach Norden liebend gern dem Schild gefolgt wäre, das nach Havelland weist, vielleicht gibt es dort einen Obstgarten, in dem mir Herr Fontane zuflüstern würde, *Herr von Ribeck auf Ribeck im Havelland, ein Birnbaum in seinem Garten stand*, aber das war nicht vorgesehen und wurde deshalb nicht gemacht. Nur ein Abstecher zu einem Denkmal des Dichters war drin, weil Neuruppin für ein Mittagessen eingeplant war. Ich erklärte Heimo lediglich, dass mir drei Sehenswürdigkeiten an einem Tag zu viel seien. Etwas, was er nicht verstand. Wie konnte es von etwas Schönem zu viel geben? Wenn er mit seinem Kunstfreund in Wien unterwegs war, machten die beiden auch einmal sieben Galerien an einem Tag. Solange es ihre Körper erlaubten. Aber dass ein Körper nicht mitmachte, durfte nicht sein. Wobei es bei mir eher die Seele war, die den vielen Eindrücken nicht gewachsen war. Sie brauchte Zeit zum Nachschwingen, zum Baumeln, aber das war keine Kategorie, in der Heimo dachte. Kann man eine Seele wiegen, angreifen, messen? Nein. Was also soll das sein? Dazu setzte er sein Physikergesicht auf, das strenge, das alles hinterfragte und ablehnte, dem man nicht mit Waage, Zentimetermaß oder mathematischen Formeln beikommen konnte.

SEIN Physikergeist, sein Mathematikerkopf, sie waren immer dabei, nicht einmal langmähnige Blondinen konnten etwas daran ändern. Wir trafen sie nach den ersten Metern, und sie begleiteten uns hinauf zur Weide, an diesem Juni-Tag, an dem wir früh unterwegs waren und auf halber Höhe rasten wollten, am Ufer eines Sees. Der lag im Schatten des

Berges, der unser Ziel war, und hatte noch die Gänsehaut der Nacht an. Wir setzten uns auf einen Stein in der Wiese, ich zog mir den Reißverschluss der Jacke bis unters Kinn, Heimo tätschelte die Nüstern einer Haflinger-Dame. Die Sonne schob sich über den Grat des Berges, ihre ersten Strahlen machten das dünne Eis dampfen. Kleine Fäden tanzten in die Höhe, und nach wenigen Minuten war es nur mehr Wasser, was spiegelblank vor uns lag. So etwas hatte ich noch nie erlebt. Wir saßen eine Weile, sahen der Sonne beim Klettern zu. Das Glatt des Wassers begann sich zu kräuseln.

„Stell dir vor", sagte er, nachdem sich die Stute dem saftigen Gras zugewandt hatte. Ich dachte an den nachtgefrorenen See. Wie lautlos sich das Eis davongemacht hatte, wie elegant. „Stell dir vor, es liegt ein Band um die Erde. Wie der Äquator, nur aus Hanf." Die ersten Kaulquappen des Morgens schlängelten durch das seichte Wasser am Ufer, die Haflinger schmatzten hinter unseren Rücken. Der Sand schimmerte hellbraungolden, ein Murmeltier pfiff. „Wenn man dieses Band um einen Meter länger macht, wie groß wird dann der Abstand zum Boden?" Ich stellte mir das Gefühl zwischen meinen Zehen vor, wenn sie sich in den Sand drücken, kühl das Wasser, weich der Boden, der Froschnachwuchs um meine Knöchel schwänzelnd. „Denk nach", sagte Heimo. „Was du so denkst", sagte ich.

„Ich glaube, es waren sechzehn Zentimeter." Die Strahlen der Sonne bekamen eine stechende Note, ein Pferd wieherte, ich öffnete meine Jacke. Vielleicht sollte ich auch die

Schuhe ausziehen. „Sechzehn Zentimeter, das ist viel, nicht? Bei einem Erdumfang von 40.000 Kilometern."

„Ja", sagte ich und bückte mich zu den Schuhbändern, stellte die Schuhe neben mir ab, legte die Socken darauf. Meine nackten Sohlen fühlten das morgenkühle Gras, die harten Kiesel. Heimo schaute in die Höhe, ohne etwas zu sehen. Vor ihm der dunkle Spiegel des tiefgrünen Wassers, Lichtpunkte tanzten auf dem ersten Kräuseln. „Dass ein einziger Meter da so viel ausmacht." Meine Füße tasteten sich den einen Meter zur kleinen Sandbucht vor unserem Stein, ich tauchte sie in das nasse Kühl. Ein paar Kaulquappen machten sich davon. In der Mitte des Sees eine Ente, still, ihr Gefieder sonneglänzend. Heimo blieb sitzen, die Stirn konzentriert gerunzelt. „2 mal r mal π", hörte ich ihn murmeln.

Ich wünschte mir, dass er zu mir käme, seine Arme um mich legen würde. Mir nahe wäre. Weich und warm. Meine Füße wurden kalt, ich ging zurück. „Was denkst du?", fragte ich und lehnte mich an seine Schulter. „Ist es nicht wunderschön hier? Und nur wir zwei." Neben mir schnupperten zwei Haflingernüstern an meinen Socken. „Ich habe noch einmal nachgerechnet", sagte er. „Egal, wie groß der Umfang ist, es sind immer sechzehn Zentimeter."

DIE Reise, die ich plante, war eine kleine, kurze, über Ostern nur, von Karfreitag bis Ostermontag, die Romantische Straße nach Würzburg, einmal hinauf und wieder herunter, und ich gab mir Mühe. Fand ein romantisches Hotelchen inmitten der Altstadt von Rothenburg ob der Tauber, dem mittelalterlich anmutenden Städtchen, und führte Heimo auf Burgen und Kirchtürme entlang unseres Weges, zu Stadtmauern und alten Brücken. Er bekam Schneeballen zu essen und Störche zu sehen. Durfte in Würzburgs Bischofsresidenz Musik von Mozart lauschen, am Eiskanal in Augsburg Erinnerungen an die Kanuwettbewerbe der Olympischen Spiele von 1972 ausgraben und in Donauwörth das Knie der Jungen Donau tätscheln. Doch eines hatte ich nicht bedacht. Dass es am Karfreitag keine Weißwurst gibt. Die hätte zu Mittag am Beginn unserer Fahrt das bayerische Lebensgefühl aufkommen lassen sollen, fiel aber dem katholischen Fasttag zum Opfer. Heimo steckte es jovial weg, aber das Abschlussurteil für meine Reiseplanung irritierte mich dann doch. Es hätte zu wenig Programm gegeben. Was da noch alles am Weg gelegen wäre!

„Schau", versuchte ich. „Deshalb wäre ich ein großer Fan von gemeinsamer Urlaubsplanung. Dann kämen wir beide voll auf unsere Kosten." Er missverstand mich vorsätzlich. „Willst du damit sagen, dass du nicht auf deine Kosten gekommen bist?" In der Hinsicht, auf die er anspielte, war ich das aber sehr wohl. Damit war die Diskussion beendet.

Sie musste auch nicht mehr geführt werden, denn das Reisen hörte sich bald auf und wurde zum Urlauben. Mich hatte mein Job derart in der Mangel, dass ich nur mehr flachliegen wollte, wenn ich frei hatte, bevorzugterweise in einer Bucht, in der das Meer ruhig wie Badewannenwasser und klar wie ein Bergsee war, mit null Programm außer dem, am Vormittag einen Espresso und am Nachmittag einen Aperol zu trinken und in der Morgendämmerung, solange es noch kühl auf den Laken war, halb wach, halb schlafend, Liebe zu machen. So garstig konnte Heimo nicht sein, dass ich mich nicht gern an seinen Walrosskörper geschmiegt und seinen Fingern überlassen hätte.

UNWEIGERLICH kam der Punkt, an dem sich Heimos Körper weigerte, alles mitzumachen, was er ihm zumutete, sieben Galerien an einem Tag oder zwei Aussichtstürme mit hundert und mehr Stufen. Der Kreislaufkollaps in Moëna war ein dezentes Warnsignal gewesen, zu Weihnachten folgte ein Schuss vor den Bug.

Geplant war ein gemeinsames Abendessen mit seiner Familie, der kleinen Ausgabe seiner Familie, Konrad, Schwägerin und Mutter, und ich bat ihn, einen Salat zu machen, einen. Er bildete sich ein, dass es drei sein müssen, einmal Kartoffelsalat, einmal Grüner, aber natürlich mit Tomaten und Zwiebeln und Rucola und weiß der Teufel was noch, dazu Karottenrohkost mit Nüssen. Die Zutaten ging er am Vormittag einkaufen, in aller Ruhe, wie er später behauptete, doch die Ruhe war ihm nicht gegönnt, weil seine Mutter anrief und einen Kaffee mit ihm einforderte, die Zeit bis zur Bescherung war ja so lang, und er nicht Nein sagen konnte. Zuhause musste er noch die Preisetiketten von den Geschenken herunterkletzeln und die dann einpacken, und es war letztlich später Nachmittag, als er die Kartoffeln aufsetzte und anfing, das Grünzeug zu waschen.

Am Abend, dem heiligen, saß ich dann bei ihm im Krankenhaus, in einem abgedunkelten Raum, der von einem kalten
Blau erhellt wurde, das Maschinen ausstrahlten, mit denen
Heimo über Schläuche verbunden war. Er war am Küchentisch zu Boden gegangen, hatte sich zum Handy gerobbt,
den Notruf gewählt und es mit letzter Kraft geschafft, die
Wohnungstür aufzusperren. Hinter der lag er ohnmächtig,
als die Rettung eintraf.

„Was machst du denn für Sachen, Heimo?" Meine Hand lag
auf seinem Unterarm, meine Stimme rau von den Tränen,
die in der Kehle saßen. „Bin halt zu nix mehr zu gebrau-
chen." Wenn er gewusst hätte, wie weinen geht, hätte er es
jetzt getan. So aber schwiegen wir, schauten aneinander
vorbei, sein kühler, matter Arm unter meinen Fingern, das
rhythmische Piepsen der Maschinen grell in meinen Ohren.
Vierundzwanzig Stunden musste er so liegen bleiben, auf
dem Rücken, bis die Geräte alle Daten gesammelt hatten,
die den Ärzten verraten würden, was mit ihm los war. Sein
Bruder stand am Fußende des Bettes und wischte sich die
Augen, die Mutter saß auf einem Stuhl an der Wand und
machte sich Sorgen um die Enkelkinder, denen Heimo den
Heiligen Abend verdorben hatte.

Am Abend des nächsten Tages, als er wieder aufstehen
durfte und wir beim geschmückten Baum saßen, am Ende
des Flurs, in den ein schmaler Mond leuchtete, wirkte
Heimo frischer. Er war ausführlich untersucht worden, obwohl Feiertag. „Was für ein Glück, in einem Land zu leben,
in dem das Gesundheitswesen funktioniert", sagte er. Was
für ein Satz aus seinem Mund, der sich selten über etwas

anderes als Konzerte lobend äußerte. Man hatte ihm eine Sonde von der Leiste über eine Schlagader ins Herz geschoben und Entwarnung gegeben. Er würde keinen Stent brauchen, sich keiner Operation unterziehen müssen. „Sag mir, wenn du entlassen wirst, ich hole dich ab."

Er war schon wieder zuhause, als er sich meldete, am frühen Nachmittag des zweiten Feiertags. „Wer hat dich gefahren?", fragte ich. Er hatte sich ein Taxi genommen. Ihm war einfach nicht zu helfen. Er hätte mir den Stefanitag nicht verderben wollen, meinte er. So wie er mir auch nicht zumuten wollte, ihn bei mir aufzunehmen, als die Wohnung neben seiner in Flammen aufgegangen war. Er hatte sicherheitshalber woanders übernachten müssen und sich ein Hotelzimmer genommen, anstatt bei mir auf der Matte zu stehen, hilfesuchend. „Dir ist einfach nicht zu helfen", sagte ich. Er kommentierte es nicht.

ENDLICH komme ich dazu, mit Konrad zu sprechen. Die ersten Trauergäste sind gegangen, die Kinder hängen müde auf ihren Eltern, Uschi hat sich mit einer Umarmung verabschiedet, und auch mein Gegenüber hat den Hut genommen. Konrad lotst mich ans Ende des Tisches, offensichtlich ist das, was er mir erzählen wird, nicht für alle Ohren bestimmt. Nachher verstehe ich, warum.

Heimo sollte an diesem Tag im Krankenhaus einrücken. Konrad wählt dieses Wort, einrücken, in einen Krieg, den er nicht mehr gewinnen konnte. Am Morgen, am frühen Morgen, vor fünf, tippte er eine Nachricht, *bitte verzeiht mir*. Er wusste, dass die um diese Zeit niemand lesen würde. Bis Bruder und Schwägerin auf waren, würde es vorbei sein. Das neunte Stockwerk, in dem seine Wohnung lag, war eine verlässliche Option. Und so früh am Morgen würde niemand am Weg sein. Daran hat er bestimmt gedacht. Er stellte eine Leiter vor das Balkongeländer, hievte seinen schmerzenden Leib auf die oberste Sprosse und beugte sich vor. Den Rest besorgte die Schwerkraft. Heimo hat sich fallen lassen, ein einziges Mal in seinem Leben.

Ich denke an die, die ihn gefunden haben und wegschaffen mussten, und an ihn, wie er da oben steht, den Wohnungsschlüssel hat er vorsorglich in die Hosentasche gesteckt, kann mir nicht ausmalen, was ihm durch den Kopf geht, vielleicht nichts mehr, weil alles vorher schon gedacht worden ist, weil alle Verzweiflung schon durchgestanden war, nur mehr eine Hoffnung, ein Wunsch, ein Ziel. Dass der Scheiß endlich aufhört.

Der Weg vom Friedhof nach Hause ist lang und herbstlich. Ich gehe die All entlang, hinaus zum Rand der Stadt, wo die neunstöckigen Häuser stehen. Hätte ich doch eine Kerze dabei. Ich würde sie auf das Asphaltband stellen, wo er aufgeschlagen ist, sein großer Körper zerplatzt, wo sein Herz zu schlagen aufgehört hat, das geschundene, geplagte, und er ausatmete, um nicht mehr einzuatmen. Er würde grinsen und mich eine dumme Gans nennen. Denn eines sollte ich in all den Jahren über ihn gelernt haben: Er würde weder auf einer Wolke sitzen noch als Walross wiedergeboren werden. Alles esoterischer Schmarrn. Die Kerze sollte ich besser dem Heiligen Antonius spendieren.

EIN HUT NAMENS SCHWEINEPASTETE

EIN schreckliches Kaff in den Bergen war unsere letzte gemeinsame Station gewesen, das Wetter grauslich. Es regnete uns bei jeder Wanderung ein, ich ließ meine Sonnenbrille, die teure mit dem Polfilter, in einer Jausenstation liegen und bekam sie nicht wieder. Den Abend meines Geburtstags saßen wir in einem mexikanischen Restaurant ab, Heimo schenkte mir eine CD-Box mit Karajan-Einspielungen quer durch den klassischen Gemüsegarten. Während er die Rechnung bezahlte und den Wirt in ein Gespräch über das Restaurant verwickelte – mexikanische Küche an diesem Ende der Welt, warum das, wie läuft so etwas? – rauchte ich draußen drei Zigaretten, dann gingen wir zurück, jedes unter seinem eigenen Regenschirm.

Im Apartment warf er Hemd, Hose und Socken über einen Stuhl und fläzte sich auf das Sofa, eine Hand in den Boxershorts. Während er sich durch das deutsche und österreichische Fernsehprogramm zappte, hing seine schlaffe Wurst aus dem Pinkelschlitz. Mit abgewendetem Blick schlug ich vor, etwas zu spielen. „Wenn du meinst." Ob Canasta oder Malefiz, war ihm egal. Ich mischte die Karten und hoffte, er würde seinen Pimmel wieder in den Unterhosenstall zurückstopfen. Sollte er glauben, das müde Teil würde mich anturnen, hatte er sich so was von geschnitten. Und auf eine Mitleidsnummer war ich auch nicht aus, von Versöhnungssex ganz zu schweigen. Mit dem lieblosen Geschenk ohne Papier und Schleife, auf dem noch das Preisschild klebte, hatte er bei mir ausgeschissen. Für diesen Abend zumindest.

Als er vom Sofa aufstand, rutschte sein Ding von selber in den Liebestöter zurück, und ich war erleichtert. Ich hätte nicht gewusst, wie ihm sagen, dass ich es heute nicht sehen kann, das Teil, das ich oft und gern in die Hand genommen habe, dass es mich im Gegenteil anwidert, wie er den Armen markiert, den Liebesbedürftigen, der nicht bekommt, was er braucht. Vielleicht wäre es anders gewesen, wenn Klein-Heimo in letzter Zeit nicht so oft meine Berührung ignoriert hätte, nicht gewachsen war unter meinen Fingern oder Lippen.

Ich mischte die Karten und gewann die erste Partie, die Revanche entschied Heimo für sich. Nach dem Entscheidungsspiel war immer noch viel Abend übrig. Ich baute die Spielsteine für ein Malefiz auf. Das Spiel lief zäh und zog sich. Einmal lag ich vorn, dann wieder er, und mir verging allmählich die Lust. Als sich fünf Stolpersteine vor dem Ziel stauten, warf Heimo den Würfel auf das Brett. „Aus. Ich habe verloren."

Ich hasste diese seine Art, nicht verlieren zu können. Immer wenn er sich ausgerechnet hatte, dass er nicht mehr gewinnen konnte, warf er die Flinte ins Korn. „Du sollst spielen, nicht rechnen!" Ich schrie, fetzte Steine und Würfel vom Tisch und knallte die Balkontür hinter mir zu. In meiner Schachtel waren noch zwei Zigaretten, um mindestens zehn zu wenig für einen Augenblick wie diesen.

Wir fuhren einen Tag früher als geplant nach Albruggen zurück, schweigend. Erst beim Aussteigen sagte ich, „wir sollten reden". Mein Ärger war mittlerweile verraucht, ich drückte die Autotür sachte ins Schloss. „Wenn du meinst, dass es etwas zum Reden gibt", hörte ich noch.

DAS Gespräch fand an einem Karfreitag statt, um fünfzehn Uhr. Ich hätte es als Warnung sehen können und mir einen anderen Zeitpunkt aussuchen, Karsamstag zum Beispiel, Auferstehung, oder Ostersonntag, Halleluja. Aber die Glocken machten Urlaub in Rom, die Alarmglocken inklusive, und es waren Ratschen vom benachbarten Kirchturm, die ankündigten, dass es drei ist.

Heimo hatte einen Strauß Tulpen und eine Ostercolomba dabei. „Oh, eine Friedenstaube", versuchte ich einen Scherz. Er drückte mir beides in die Hände, dann stand er unbrauchbar in der Küche herum. Ich drehte den Wasserhahn auf, füllte die Kaffeemaschine und holte eine Vase.

„Setz dich doch." Er schaute sich um, als hätte er vergessen, wo bei mir die Stühle stehen. „Wir können uns gern auf den Balkon setzen, wenn dir das lieber ist." Er zuckte mit den Schultern und ließ seinen massigen Körper stehen, wo er war. Als ich an ihm vorbeiwollte, hinaus auf die Veranda, mit Kuchentellern in der Hand, hielt mich sein Arm auf. Warm und weich um meine Schulter. Mein Körper lehnte sich an seinen, für einen kleinen Moment, aber mein Herz ging nicht auf. Du hast etwas zu klären, raunte der Kopf, und meine Füße machten einen Schritt zurück. „Stell das doch bitte auf den Tisch draußen", sagte ich und gab Heimo Teller und Kuchengabeln.

Wir tranken den Kaffee, er wie immer mit einem Schuss Milch, ich schwarz. Wir lobten das lockere Gebäck mit dem Hagelzucker, dann gab ich mir den entscheidenden Ruck. „Was ist los mit uns? Können wir überhaupt noch mit-ei-nander?" Heimo zwirbelte ein paar Fransen des Tischtuchs und schaute auf den Boden. „Mit mir ist es ja nicht auszu-halten."

„Das habe ich nicht gesagt."

„Aber gemeint."

Nun muss ich mir doch meine Zigaretten holen. Obwohl ich ihm den Rauch ersparen wollte. Die Chose läuft nicht gut. Die Stimmung zwischen uns fühlt sich an wie die muffige Regenluft in dem Kaff, in das sich ein mexikanisches Restaurant verirrt hat. „Du hast mich seit Monaten nicht mehr an-gerührt", sage ich und denke an den schlaffen Schwanz, den er aus der Unterhose hängen ließ. „Liebst du mich überhaupt noch?" Ich greife zum Feuerzeug und zünde eine Zigarette an. Durch die Flamme hindurch sehe ich, wie Heimo gequält schaut.

„Von Liebe war nie die Rede."

Der Qualm des ersten Zugs gerät in meine Augen, stechend, heiß. Ich kneife die Augen zusammen, warte, bis der Schmerz abebbt, dann stehe ich auf. Stelle mich zum Fenster, nehme den nächsten Zug, höre Heimo nuscheln.

„Das war doch nie etwas Gescheites zwischen uns."

Auf dem Garagendach hackt eine Krähe auf einen Ast ein, den ein Sturm dort hingewirbelt hat. Das tun sie im Frühling, die Krähen im Innenhof. Wenn Nestbauzeit ist. Sie macht es konzentriert, bis ein dünner Zweig abbricht. Den packt sie mit dem Schnabel und fliegt davon. Hin zur großen Tanne, dort verschwindet sie zwischen den Ästen. Ich drehe mich um, die Asche der Zigarette fällt auf das Fensterbrett und ich schaue zu Heimo.

„Warum bist du dann dreizehn Jahre bei mir geblieben?"

Ich spucke einen großen Tropfen Speichel auf meinen Mittelfinger, hebe damit das Aschestück auf und streife es im Aschenbecher ab. Heimo streicht die zerwuzelten Fransen wieder glatt. Er nimmt die Kuchengabel und zerdrückt Colomba-Brösel. Die Kaffeeschale, die er an die Lippen setzt, ist schon lange leer. Er stellt sie wieder ab und dreht sie mit einem Finger am Henkel auf der Untertasse hin und her.

„Das Rumgebumse am Anfang war ja ganz nett."

Die Krähe ist zurück und macht sich an einem anderen Ast zu schaffen. Hält ihn mit dem Schnabel, schlägt damit auf eine Metallverstrebung ein. Das dünne Ende bricht ab. Ich nehme noch einen Zug, die Zigarette ist schon bis zum Filter abgebrannt, beim Ausdämpfen zucke ich zusammen. Mein Zeigefinger hat sich in die Glut gedrückt. Der Schmerz reicht bis ins Herz.

Ich räume den Tisch ab, Heimo bindet seine Schuhe. Die Klinke der Wohnungstür in der Hand, dreht er sich noch einmal um. Nicht, um seine Walrosspfote zu heben. „Wir können trotzdem ab und zu einen Kaffee miteinander trinken", sagt er.

Das *war doch nie etwas Gescheites zwischen uns, Von Liebe war nie die Rede.* Heimos Worte haben eine Schneise gerissen, die nicht zuwachsen will. Auch jetzt klafft sie noch. Seine Spuren in meinem Leben bleiben frisch, wie schockgefrorenes Gemüse. Als Berge-Bewohnerin kenne ich das. Das Profil von Stiefeln gräbt sich in den unberührten Schnee und erstarrt über Nacht in seinem eisigen Muster. Nur neuerlicher Schneefall oder die Liebkosung einer frühlingswarmen Sonne kann es verschwinden lassen. Bei mir ist beides ausgeblieben. Auch zwei Jahre nach dem unseligen Karfreitag lässt Ostern immer noch auf sich warten, hat keine Auferstehung stattgefunden, hat mich nichts erlöst, hat niemand Halleluja gesungen, sind die Spuren Heimos immer noch schmerzhaft zu spüren.

Ich meide die Plätze, an denen wir gemeinsam gewesen sind, die Restaurants und Cafés, viel bleibt nicht mehr übrig, wo ich hingehen kann, ohne in Tränen auszubrechen, wir waren an vielen Orten. Ich verfluche die Tram, die durch meine Straße fährt, weil Heimo darin sitzen könnte, auf seinem Weg in die Stadt, ohne mir zuzuwinken, wenn ich aus dem Fenster sehe. Bei jedem Peugeot, der mir begegnet, zucke ich zusammen, bei jedem Gedanken an eine Bergtour muss ich schlucken. Nächtens herze ich meinen Polster, untertags, wann immer es möglich ist, einen Baum. Im Wald, einem Wald, in dem ich mit Heimo nie gewesen bin, der nur mir gehört, so wie der Baum nur für mich da ist, um mich Heimos Walrosskörper vergessen zu lassen.

Ein Traum kehrt alle paar Wochen wieder. Ich muss Heimo dringend erreichen, aber er ist irgendwo unterwegs, und mein Handy ist unauffindbar. Es gibt nur diesen alten, schweren Apparat mit Wählscheibe, in die aber keine Ziffern eingelassen sind, sondern Buchstaben, a, b, c, x, y, z. Oder ich habe das Handy zur Hand und wische darauf herum, auf der Suche nach dem grünen Button mit dem Hörersymbol, und alles, was ich finde, ist eine Tastatur voller mathematischer Formeln, $2r\pi$ die einfachste davon. Wenn ich aufwache, ist die Verzweiflung der Suche noch präsent, und es dauert, bis sich die Erleichterung durchsetzt, dass es nur ein Traum gewesen ist.

In anderen Träumen der Nacht legt der Walrosskörper einen Arm um die Schultern einer anderen Frau, und in meinen Tagträumen gelingt es mir nicht, mich daran zu erinnern, warum ich ihn manchmal zum Teufel gewünscht habe. In der Das-muss-bei-Gelegenheit-entsorgt-werden-Kiste liegt noch immer der Kochtopf mit dem abgebrochenen Stiel, und mir will ums Verrecken nicht einfallen, worüber ich mich so geärgert habe, dass ich ihn auf den Boden donnern musste. Nicht auf irgendeinen Boden, sondern auf den Steinboden meines Balkons. Meine Wut muss verheerend gewesen sein, denn so schnell bricht ein angeschweißter Metallhenkel nicht ab. Wir waren essen gewesen, Heimo hatte etwas gesagt, ich hatte etwas gesagt, und zuhause musste ein unbeteiligter Kochtopf daran glauben.

Ich bemühe mein Tagebuch, hoffe, es wird meinem lückenhaften Gedächtnis auf die Sprünge helfen, blättere abendelang darin, um Erinnerungen zu finden, die den Stoff abgeben könnten, den ich brauche, um mir daraus ein neues Kleid zu schneidern, ein Post-Heimo-Gewand, das ich anstelle des Trauerflors tragen kann. Ich habe keinen Bock, ihm für den Rest meines Lebens nachzuweinen, dem Seelentöter, dem Herzlosen, für den meine Liebe nie etwas Gescheites gewesen ist, der mein Zerfließen unter seinen Händen als Rumgebumse abgetan hat. Der nur deswegen das Berühren gelernt hat, weil er nicht fühlen konnte.

IN dem Gemischtwarensupermarkt, wo es zwischen Haarshampoo und Lippenstift auch Pfannen und Tonträger gibt, suche ich einen neuen Kochtopf mit Stiel. Ein grellgelber Aufkleber schreit mich an, Angebot!!! *Meine schönsten Schubert-Lieder.* Allein, dass ich stehen bleibe, die CD in die Hand nehme. Ich brauche mich keinen Illusionen hinzugeben, ich habe den Kampf noch nicht gewonnen. Noch immer hängt ein romantisierender Schleier über den Erinnerungen. Ich weine einem Heimo nach, den es nie so gegeben hat, wie ich ihn gesehen habe, gespürt, gehört.

Die Einspielung ist doppelt so alt wie der Komponist an seinem Sterbetag, das rührt mich. Zehnmal, zwanzigmal höre ich mir die Lieder an, die wohl das bockigste Eis und den zementiertesten Harsch zum Schmelzen bringen, die Lieder von Franz Schubert, dem Romantiker. Sie öffnen Schleusen. Schleusen, die schon längst zugemauert sein sollten, die ich mit schlechten Erinnerungen zu stopfen versucht habe. *Leise flehen meine Lieder durch die Nacht zu dir.* Die Schleusen öffnen sich nicht, sie zerspringen, zerplatzen, zerbersten. *Liebchen, komm zu mir.* Meine Tränen fließen nicht wie ein pritschelndes Bächlein, auf dem ein Papierschiffchen dahinschaukelt, sie kommen daher wie das Schwallwasser eines aufgestauten Gebirgsbachs. *Liebchen, höre mich!* Schmerz schlägt in die Staumauer ein, zerreißt sie. *Komm, beglücke mich.*

Ich suhle mich im Flehen des Ständchens, verliere mich im Traum, es könnte mir mein Liebchen wiederbringen, fühle mich verstanden. Meines Busens Sehnen ist da in Töne gefasst, von einer Stimme gesungen, die für mich betet. Ich liege in Gedanken in Heimos Bett, allein, weil er schon am Küchentisch sitzt, über einem Sudoku brütend, das er immer löst, egal wie knifflig, greife auf den leeren, kalten Platz neben mir. Im Nachthemd, einem T-Shirt von ihm, das mir bis zu den Knien reicht, tapse ich in die Küche, drücke ihm meine Brust in den Nacken. Er schüttelt mich ab. Die Zeit ist vorbei, da ihn das angemacht hat, da er mich ins Bett zurückgetragen hat, um mich zu beglücken. Ich höre das Album auf meinem Bett liegend, dem schmalen, auf dem keiner Platz hätte, wenn ich nicht mit ihm zugange wäre. Nach dem dreißigsten Mal finde ich, dass es reicht.

DAS Plakat hinter der Ampel, auf die ich starre, bis sie grün wird, sticht mir rosarot in die Augen. Pulsierende Herzchen wandern darauf nach oben, das Plakat ist nicht aus Papier, sondern eine LED-Anzeige, und verspricht Liebe, fürs Leben oder für eine Nacht. Ich glaube ihm kein Wort, aber die Adresse schummelt sich in meinen Kopf und nistet sich dort ein. Einen Versuch könnte die Sache ja wert sein, und wenn dieser Wert nur darin besteht, mich abzulenken, meinen Gedanken eine andere Richtung zu geben als die zu Heimo und meiner Einsamkeit, weg von dem Schmerz, der mich jede Nacht überfällt, wenn ich in meinem Bett liege und nicht nach einem anderen Körper langen kann. Es geht nicht mehr um Heimo, ist mein Verdacht. Notizen in meinen Tagebüchern schreien es mir blau auf weiß entgegen: Er war kein Heiliger, er hat mich nicht einmal geliebt. Er verdient es nicht. Es geht um etwas ganz anderes. Heimo ist nur die Inkarnation davon, die Materialisierung, die Verkörperung. Von etwas, das ich nicht benennen kann.

Oder doch benennen kann. Diese Bedürftigkeit, diese gottverdammte Bedürftigkeit, die mich nie allein lässt, so groß, dass sie in kein Zimmer passt, auch nicht in das meines Seelendoktors, meines Psychodocs, meines Seelenklempners, meines shrinks, meines Psychiaters. Den ich aufsuche, weil ich nicht mehr kann. Nicht mehr zu weinen aufhören kann. *I need a hero.* Bonnie Taylor ist meine Zuflucht, Leonard Cohen war es sowieso immer, *lover lover lover, come back to me, take this longing from my tongue.* Meine Bedürftigkeit, meine Sehnsucht, dieses Nagen und Beißen, Schreien und Toben, Wimmern und Winseln ist so groß, dass kein Mann es stillen, besänftigen, erfüllen kann. Dafür bräuchte es einen Helden, einen Gott, keinen menschlichen Körper, und sei er noch so walrossgroß.

Trotzdem und genau deswegen rufe ich die Adresse auf, die sich der Kopf ohne mein Zutun gemerkt hat. Ich will mit der maßlosen Bedürftigkeit nicht mehr allein sein, will sie vertreiben, schrumpfen machen, verdünnen, indem ich mich beschäftige, zuerst mit mir selbst, dann mit potenziellen Liebeskandidaten, auch wenn sie nur Menschen sind, keine Götter oder Helden.

Das Kuppelportal hat einen guten Ruf. Jede meiner Freundinnen kennt eine, die sich dort einen geangelt hat, vielleicht kennt sie auch nur eine, die eine kennt. Drei Schnuppertage Mitgliedschaft sind gratis, dann kaufe ich mich für ein halbes Jahr ein, weil das im Angebot ist, nur unwesentlich mehr kostet als ein einzelner Monat. Außerdem: Gut Ding braucht Weile. Ich kann beim naivsten Optimismus nicht erwarten, dass der Märchenprinz schon auf mich wartet, Däumchen drehend, und mir sofort schreiben wird, wenn ich mich vorgestellt habe. Abgesehen davon, dass ein Märchenprinz nicht reichen würde, wenn er nicht aus dem Himmel herabgekommen ist, als verwandelter Gott, als einer, der alles verzeiht und hinnimmt, was ich an Sturheit und Eigen-Sinn, an Wünschen und Ansprüchen im Gepäck habe.

Die Beschäftigung mit mir selbst nimmt eine Weile in Anspruch, der Aufwand, zu einem Profil zu kommen, ist beträchtlich. Zuerst muss ich meine Persönlichkeit offenlegen, in einem umfangreichen Fragebogen, mit dem ich mich tagelang herumschlage. Ich will die Sache ernst nehmen, jede Stunde, die ich damit verbringe, über meine Schwächen und Stärken nachzudenken, meine Vorlieben und Abneigungen, ist eine Stunde, in der mich das Allein-Sein nicht plagt. Ich wühle in meinen Fotoalben, um Bilder zu finden, die mich so zeigen, wie ich zu sein glaube. Keine Weltschönheit, aber auch nicht zu fett. Das ist ein Problem. Ich habe in den Jahren seit dem fatalen Karfreitag Walrossstatur entwickelt, nicht so üppig wie das Original, aber doch vier Kleidergrößen vom Schneewittchen aus dem BarBier entfernt, das ich einmal war, weil ich in jeder Nacht, die ich allein wach liege, aufstehen muss, um das Loch in meiner Seele mit Bergkäse, Walnüssen und Bitterschokolade zu stopfen.

„Mittvierziger", lese ich eines Samstags, „erträglich anzuschauen, leidlich humorvoll, sucht kunstbeflissene Gern-Esserin für gemeinsamen Genuss und moderaten Sport". Bingo. So viel ironische Distanz zum eigenen Selbst in einem so kurzen Text, da bin ich dabei. Die Sache hat nur einen Haken: Das Fotoporträt ist verpixelt, und er will es auch nicht freigeben, nachdem wir im Chat Nettigkeiten ausgetauscht haben.

Wir treffen uns in einem Hotel in meiner Stadt, nicht in seiner, auch nicht auf halbem Weg, wie es vielleicht geboten wäre, wenn man nicht weiß, was in der Lobby auf eine zukommt. Ob frau an sich halten muss, um nicht schreiend davonzulaufen, wenn sich der als erträglich beschriebene Anblick als unerträglich erweist. Weil der Gern-Esser womöglich ein Viel-zu-viel-Esser ist, der unter moderatem Sport

das Heben einer Bierflasche versteht oder sich der Kunstge-
schmack mit Hirschhornknöpfen auf dem Lodenjanker und
Gamsbart auf dem Hut als allzu ländlich outet. Eine Freundin warnt mich davor, einen Wildfremden gleich in Albruggen zu treffen, aber was habe ich groß zu befürchten? Dass
ein Mann, der mir nach einem Schnuppergläschen die
Haare zu Berge stehen lässt, noch eine Nacht in der Stadt
bleibt? Ein überschaubares Risiko, finde ich, das im Fall zu
meistern wäre. Er hat meine Telefonnummer, ich seine, das
war's auch schon. Sollte er zum Stalker mutieren, kann ich
seine Anrufe blockieren. Die kribbelnde Vorfreude auf den
verheißenen Genuss ist stärker. Der muss ja nicht am Esstisch aufhören. In Hotels gibt es bekanntlich auch Betten.

Zunächst aber spazieren wir durch den Burgpark. Ich bin
weder schreiend noch stumm davongelaufen, als er aus
dem tiefen Fauteuil aufstand, von dem aus er den Hotelein-
gang im Blick hatte – Pluspunkt eins: Er ist vor mir da gewesen. Sein Anblick ist erträglich, aus meiner Sicht hätte er ihn
auf den Fotos nicht verschleiern müssen. „Doch", wider-
spricht er, zwei Dates seien aufgrund seines Aussehens ge-
platzt. Gut, die Haut in seinem Gesicht ist nicht magazin-
tauglich, pockennarbig, wie wir als Kinder dazu gesagt haben, in Wahrheit wohl von pubertären Akne-Attacken ge-
zeichnet, und seine oberen Schneidezähne stehen etwas
weiter auseinander als andere. Aber mich stört weder das
eine noch das andere. Einen kleinen Spalt unter der Oberlippe trägt auch eine Madonna zur Schau. Und eine glattra-
sierte Rübe unterm Baseballkäppi ist sowieso in Mode gekommen.

Pluspunkt zwei: Die Zeitung, in der er geblättert hat und die jetzt gefaltet auf dem Tischchen der Sitzecke liegt, kommt nicht aus der Schmuddelkiste. Pluspunkt drei: Er ist fingerbreit größer als ich. Ich fühle mich immer elefantenmäßig giraffig, wenn ein Mann kleiner ist als ich.

Schneetreiben und Windböen lassen uns bald darüber nachdenken, wohin wir aus dem Park flüchten könnten. Für das Abendessen ist es noch zu früh, für eine Konditorei zu spät, und Alkohol scheint ihn nicht sonderlich zu locken. Pluspunkt vier. Später dann, nachher, prosten wir uns bei einer Flasche Rotwein zu, Pluspunkt sechs, er ist kein Nüchternheitsfanatiker. Dass er einen guten Wein aussucht, ohne Namedropping zu betreiben oder einen Vortrag über Charakter, Struktur und Persönlichkeit des Weins zu halten, macht den Punkt zu einem sechs plus.

Bleibt Punkt fünf zu erwähnen, nach dem wir uns stärken müssen. Eher widerwillig, denn der Hunger unserer Körper aufeinander ist vom ersten Quickie bei der Garderobe seines Hotelzimmers nur unzureichend gestillt, hat eher die Qualität eines Appetizers, eines amuse-gueule, wie er es nennt, mit seinem Küchenfranzösisch kokettierend, das mich zum Lachen bringt. Seine Aussprache ist kernig, das g eher ein k, das u kein ü, und er nimmt sich selbst auf die Schippe damit. Er habe mal was mit einer Französin gehabt, die in Wahrheit aus Berg am Dorfsee war. Aber sie sei so geil gewesen, dass er das erst merkte, als sie mit seinem Bargeld auf und davon war. „War nicht arg viel", fügt er hinzu, „ich bin darüber hinweggekommen". In etwa die Summe, die er für einen Kurs hingeblättert hätte, um die französische Aussprache ordentlich zu lernen. Wir nehmen deshalb, weil eben nur amuse-gueule, noch eine Vorspeise in der Dusche, um nach einer geteilten Zigarette auf dem Balkon oberhalb von Albruggens Prachtgasse zur Hauptspeise im Bett überzugehen. Danach liegen wir nebeneinander, Finger ineinander verschränkt, und hören unsere Mägen knurren. „Ich bin seit einem halben Jahr allein", sagt er wie zur Erklärung für sein Ausgehungertsein. „Und ich bin froh, dass du ... Wie ich dich in der Lobby gesehen habe, habe ich gehofft, dass du ..., dass wir ... das hier tun."

Wenn wir noch ein Abendessen erwischen wollen, müssen wir uns auf die Socken machen. Wir lassen unsere Finger voneinander, die schon wieder angefangen haben, auf Bauchdecken zu krabbeln und Stellen aufzusuchen, die bei einem Essen in Gesellschaft bedeckt bleiben sollten. „Worauf hättest du denn Lust? Französisch, griechisch, italienisch?" – „Ach, was", sagt er und steigt ohne Socken in seine gefütterten Schuhe. „Bleiben wir doch einfach im Hotel. Dann haben wir es nachher nicht so weit." Ich gebe ihm recht und lasse meine Daunenjacke im Zimmer.

Der Kellner gibt uns fünf Minuten Zeit, das Essen auszusuchen, dann sperrt die Küche zu. Wir nehmen Steaks und Wedges und teilen uns einen Salat. „Salut! Auf unser Treffen." Der Name des Weins ist mir egal, das Getränk geht hinunter wie Öl und verschleiert alle Gedanken an das Warum, Wieso, Weshalb und Was-ist-Nachher dieses Abends, dieser Nacht. Denn natürlich werde ich nach dem Abendessen nicht heimgehen, die paar Schritte zu meiner Wohnung, sondern ich werde so lange weitermachen, bis wir ins Koma fallen oder einen leichten Schlaf oder vielleicht auch nur ein kurzes Dösen, im Bewusstsein, dass da einer ist, der mich will. Dass da endlich einmal wieder einer ist. Einzig der Vorrat an Kondomen ist nicht auf diesen Heißhunger ausgelegt. Ich habe meine aus dem Beutel genommen und auf das Nachtkästchen gelegt, und jetzt sind sie verbraucht. „Was machen wir da?", frage ich, während wir auf den fromage blanc warten, der den Abschluss des soupers bilden soll. „Keine Sorge", sagt er und klopft auf die Gesäßtasche seiner Jeans. „Habe auch ein paar mit."

Satt und etwas wund zwischen den Beinen kehre ich am nächsten Nachmittag nach Hause zurück. Der Waschbrettbauch mit den erträglich unschönen Gesichtszügen ist wieder in den Zug gestiegen und wird in zwei Wochen wiederkommen.

Bei unserem dritten Treffen reist er mit Auto an, einen Werkzeugkoffer, Kabel und eine Leiter im Gepäck. Die Lichtverhältnisse in meinem Schlafzimmer haben ihn, den gelernten Elektriker, nicht überzeugt. Man kann vom Bett aus den Schalter für die Deckenleuchte nicht erreichen – das wird er ruckzuck ändern. Er legt eine Leitung die Fußbodenleiste entlang und montiert eine Lampe mit Kippschalter auf dem Nachttisch. „So", sagt er befriedigt und legt sich mit dem Nachrichtenmagazin, das er in einem Außenfach des Koffers mitgebracht hat, auf das Bett. „Jetzt kann man im Bett lesen und muss nachher nicht aufstehen, um das Licht auszuschalten." Ich bedanke mich und bin ratlos. Bei unseren zwei Treffen bisher hat sich „nachher" auf etwas anderes bezogen als auf das Blättern im *profil*.

Eine Woche später ruft er mich an. Ich liege gerade in der Badewanne, Schaum bis über die Schultern, das Telefon neben den Hauspatschen auf dem Boden. Wir haben kein weiteres Treffen vereinbart, bestimmt macht er mir jetzt einen Vorschlag. „Du", sagt er, „so geht das nicht. Ich bin wieder in mein altes Muster zurückgefallen. Der Mann, der macht, der für alles Technische eine Lösung hat. Das will ich nicht, das hatte ich lange genug. Ich wollte einfach nur ein bisschen Spaß haben." – „Den haben wir doch." – „Den haben wir gehabt, ja. Aber auf was Fixes mag ich mich jetzt nicht einlassen."

Ich bin baff. Dann sprachlos, unfähig, auch nur einen der Gedanken zu packen und festzuhalten, die durch meinen Kopf flutschen, bis er in einen Satz geformt ist oder wenigstens ein Wort, eine Nachfrage, einen Vorschlag, eine Werbung, eine Beleidigung, Zorn. Ich bleibe stumm. „Bist du noch dran?" – „Deine Leiter steht noch bei mir." – „Ich habe noch zwei daheim." – „Ja, dann ..." – „Ja, dann." Wir schweigen noch eine Weile, dann legt er auf.

Ich tauche in das kalt gewordene Wasser, bis ich zu ersticken glaube, dann steige ich mit runzliger Haut aus der Wanne und kippe drei doppelte Whiskys. Für lauwarmes Ottakringer aus der Flasche bin ich schon zu erwachsen.

NACHDEM ich meinen Rausch ausgeschlafen habe, kommen die Lebensgeister zurück. So beschissen die Affäre geendet hat, so geil ist sie doch gewesen. Ich fühle mich wieder als Frau, nicht nur als amputiertes Heimo-Anhängsel. Ich erobere mir einen Teil meines früheren Aktionsradius zurück, muss keinen Bogen mehr um mögliche Triggerecken für schmerzende Erinnerungen machen. Vor allem eines geht wieder: in die Berge fahren. Ich finde mir meine eigenen Wege, ohne Gipfelzwang, dafür mit schönen Aussichten. Meine Figur bildet sich allmählich vom Walross zur alpenländischen Kuh zurück, die die eine oder andere Steigung bewältigen kann, ohne nachher alle Viere von sich strecken zu müssen. Meist entscheide ich mich aber für halbwegs ebene Routen, die an einem Gasthaus vorbeiführen.

An diesem wolkenverhangenen Dienstag bin ich die Einzige, die ihren Körper die Waldgrenze entlangschiebt, nur ein Leichtfüßiger überholt mich. Grüßt und sprintet davon. Auf der Terrasse mit dem Gletscherblick treffen wir uns wieder. „Wirst dich doch nicht allein an einen Tisch setzen", sagt er und verputzt sein Schnitzel mit großem Appetit. Ich brauche länger, auch beim Essen langsamer als er. Er wischt sich den Mund mit der Serviette ab und wirft sie auf den Teller mit dem zusammengelegten Besteck. Sein Blick wandert sehnsüchtig über die Berghänge in diesem Talschluss. „Kennst du die Tribulaunhütte?" Nein, die kenne ich nicht. „Dann gehen wir da einmal hinauf, wenn ich wieder gesund bin." Ich frage artig, was er denn habe, denn arg krank hat er nicht gewirkt, als er an mir vorbeigesprintet ist. Normalerweise hätte er sein Schnitzel oben gegessen, aber die Lunge lasse es nicht zu, ihm fehle die Kraft für dünne Luft. „Obwohl", er kann richtig spitzbübisch lachen, „wie du siehst, bin ich dem Tod schon von der Schippe gesprungen."

Er will mich wiedersehen. Wir verabreden uns für einen Mittagskaffee in Albruggen, weil ihm die Behörde, für die er arbeitet, Aufschub gewährt, bis er sich wieder regeneriert hat. Eine Stunde statt einer halben haben wir Zeit, einander Stückchen unserer Lebensgeschichten zu erzählen, bevor er wieder ins Büro muss. Als die Schonzeit vorbei und wieder volle Arbeitskraft verlangt ist, verlegen wir unsere Treffen auf Wochenenden. Er schlägt Plätze vor, die ihm lieber sind als die Stadt. Die drei Seen in mittlerer Lage, kaum mehr als ein Grüppchen von Teichen, mit einem Seerosenfeld dort, wo sie einander berühren und mit schmalen Stegen verbunden sind. Oder der Forstweg zu einem Gasthaus, das für seine Moosbeernocken bekannt und für seine Eselfamilie geliebt ist. Wege mit moderater Steigung, Ziele in überschaubarer Entfernung, wie es seine angegriffene, aber – ärztlich bestätigt – heilende Lunge zulässt. Ich spüre rasch seinen Hunger nach höheren Höhen, ferneren Hütten, anspruchsvolleren Steigen. Wo er zeigen kann, was zu meistern sein Weberknechtkörper imstande ist. Sprünge über hingestreute Felsbrocken, Klimmzüge in schmalen Kaminen, immer auch von der Sehnsucht gespeist, den Menschen fern, dem Himmel nah zu sein. Ich kann das Glück spüren, das in ihm wächst, wenn er sich auf einen Stein setzt, mit der bloßen Hose, ohne isolierende Matte, die lässt er im Rucksack stecken, von dem aus ein Gletscher zu sehen ist oder der Turmspitz, den der Weberknecht gern erklimmen möchte. Wie er versonnen an seinem Kräutertee nippt, aus dem Deckel der Thermoskanne, den er mit beiden Händen hält, während er den Himmel nach einem Adler absucht. Meist sind es Bussarde, auf die er zeigt, aber er ist von der Hoffnung beseelt, einmal, ganz bestimmt, den richtigen Raubvogel zu sehen, den großen, den Steinadler, hoch oben, die Schwingen kaum bewegend, plötzlich zu einem Murmeltier herabstoßend. Dann legt er seinen Arm um meine Schulter, und ich nehme es persönlich.

Wie auch das Edelweiß, das er mir zum Geburtstag schenkt. Schief in Seidenpapier gewickelt, doch sorgfältig trockengepresst. Ich stelle ihn mir vor, wie er sich in einen Kamin gespreizt hat, die spindeldürren Beine und Arme gegen die Wände gestemmt, immer nur einen der Haltepunkte loslassend, um ein paar Zentimeter nach oben zu kommen, hinauf zu dem kleinen Plateau, wo ein Grüppchen von fünf weißen Blüten aus dem kargen Boden sprießt, um es für mich zu pflücken, für mich, sein Bergeskind, wie es in dem Lied heißt, das er pfeift, *das kleine Edelweiß, auf steiler Felsenwand, blüht nur für dich so schön, mein Bergeskind.*

Erst später verstehe ich, vielleicht verstehe ich auch nicht, ahne es bloß, dass der Reiz in Wahrheit ein anderer ist, nicht der, für mich zu klettern und zu pflücken. Der Reiz, er verbirgt sich in der ersten Strophe, *hoch droben einsam wächst.* Den Rest weiß ich nicht mehr, schlage den Text im Liederbuch nach, dem digitalen, allzeit auskunftsbereiten, eines Nachts, als ich nicht schlafen kann nach einem Traum von einem Doppelwesen. Es lässt mich in einer Schlucht allein, mit einem rauschenden Bach, hört mein Rufen nicht, das Wesen mit den zwei Körpern, dem meines Vaters und dem des Weberknechts, es strebt auf zu hellen Höhen, flieht die dunkle Klamm, in der ich rufe und weine. Da erwache ich und klappe das Notebook auf. *Auf steiler Felsenwand,* lese ich, *dort oben einsam und allein, auf steiler Alp,* blüht das Edelweiß. Das ist es, was zieht und zerrt, den *Jüngling, der die mühevolle Bahn nicht scheute,* hinauf, hinaus, wo keine Menschen stören, wo nur der Sommerwind und die Leichtigkeit und ein weites Schauen. Das ist es, was den Mann reizt. Nicht die Liebe, nicht die Frau, nicht ich.

„Für dieses Edelweiß habe ich dem Tod ins Auge geblickt", sagt er mit dem theatralischen Brustton, den er sich als kindlicher Unterhalter der Feriengäste anerzogen hat, der Fremden, wie sie auf dem Hof genannt wurden, den sein Vater geldbewusst und zukunftsorientiert so groß gebaut hat, dass das Haupthaus den Stall mit den Kühen und den Stadel mit dem Heu um ein Stockwerk überragt, und von dessen Balkon aus die Gäste aus Wien und aus Nürnberg, aus Hamburg und Stuttgart das liebliche Tal mit Entzücken überblicken können. Jene Gäste, jene Fremden, denen das zarte Bubele, das jüngste von sechs Kindern, am Abend Lieder vorpfiff, wenn sie auf der Hausbank saßen, oder Dorfszenen von Kirchgang und Markt nachspielte.

Für dieses Edelweiß dem Tod ins Auge geblickt. Ich glaube es ihm. Bis er sich verneigt, um den Applaus für seine gelungene Show entgegenzunehmen. „Du Schmähtandler, du! Wahrscheinlich hast du es auf dem Georgbichl geklaubt." Er windet sich, wendet sich ab, hebt den Kopf, schaut in die

Deckenecke mit den Spinnweben, pfeift ein paar Töne, legt die Hände in die Hüften und setzt den Blick des treuherzigen Dackels auf. „Hast du?" – „Schön sind sie aber. Nicht?" Er nimmt meine Wangen in seine Handflächen und küsst mich auf die Nase. *Für dich so schön, mein Bergeskind.*

Er kauft sich eine Wohnung, zwei Zimmer mit hohen Plafonds, desolaten Leitungen, glänzendem Parkett und Türen, die sich nicht versperren lassen. Wir kratzen vier Generationen Farbe von den Wänden, streichen diese weiß und legen uns erschöpft in das Bett aus Zirbe, das ohne Metallverschraubungen gezimmert worden ist. Dort atmen wir ein paar Monate nebeneinander, wenn ich bei ihm übernachte, berühren einander selten, und ich frage mich eines Tages, ob mir das Leben nicht noch etwas anderes bieten könnte als Weberknechtbeine und Liedchenpfeifereien auf dem Klo. „Ich weiß nicht", sage ich, „mir kommt vor, als ob die Luft zwischen uns heraußen wäre. Ich fühle mich von dir nicht begehrt." Er verstummt, verschränkt seine Arme und starrt mich groß an. „Begehrt? Fühlt sich die Kuh vom Stier begehrt?"

Wo das getrocknete und gepresste Edelweiß geblieben ist, weiß ich nicht.

DIESES Mal greife ich weder nach Bier noch nach Whisky, auch die Mitternachtsorgien mit Käse/Nuss/Schokolade lasse ich aus. Ich stürze mich in die Arbeit. Übernehme zusätzliche Deutschkurse, gebe Privatstunden, mache Konversation mit eifrigen Studentinnen, erkläre Passivkonstruktionen und Relativsätze und korrigiere Aufsätze von Studenten, die nach wie vor von überallher kommen, manche für eine Woche, andere für so lange, wie es braucht, um fließend zu sprechen oder einem Job gewachsen zu sein. Allmählich nimmt mein Körper wieder die Gestalt an, die er vor meinen Heimo-bedingten Fressattacken gehabt hat.

Schon allein deshalb will ich keines der Bilder verwenden, die mir den Waschbrettbauch mit Heimwerkertrauma eingebrockt haben, als ich entscheide, es mit einer neuen Dating-Plattform zu versuchen. Heutzutage macht man das so, ist der Tenor in meinem Freundinnenkreis. Anders ginge das nicht mehr. Sieht man doch, was herauskommt, wenn frau sich auf einen Analogen einlässt, meinen sie und denken dabei wahrscheinlich an den Weberknecht mit seinem hanebüchenen Kuhvergleich.

Die Sprachschule hat uns vor kurzem zu einem Fotoshooting verdonnert, weil sie Bilder ihrer Angestellten für einen Folder und den neu gestalteten Internetauftritt braucht. Die positive Kehrseite der Zwangsbeglückung: Es gibt jetzt Studiofotos von mir, für die ich mich nicht schämen muss, ich kann für meine Profilbilder der Kuppel-App auf verzerrte Selfies und unscharfe Schnappschüsse verzichten. Ich entscheide mich für eine Aufnahme, die meine Arbeitgeberin aussortiert hat, weil ich darauf zu wenig ernst aussehe, poste also ein Porträt, das mich lachend und hochglanztauglich darstellt.

Zunächst passiert nichts, und ich wische mich durch Profile von Altersgenossen, die mit Mountainbike oder Surfbrett posieren, Sportwägen oder Hunde tätscheln, Doppelkinn und Bierbauch zeigen. Mein eigenes Bild wirkt daneben wie ein Fremdkörper, zu schön, um wahr zu sein. Das findet offensichtlich auch ein Betrachter oder der systemimmanente Wachhund, denn einen Tag später fordert mich die App auf zu beweisen, dass ich die Person bin, die ich auf dem Foto zu sein vorgebe. Es folgt die Anleitung, wie das zu geschehen habe. Ich solle mich mit meinem Phone fotografieren, das smarte System werde dann die beiden Aufnahmen vergleichen und sich bei mir melden. Ich tue wie geheißen, das Foto besteht die Prüfung, und ich werde zugelassen.

Daraufhin lösche ich Konto, Profil, alles, was ich in der Wisch&Weg-App angelegt habe, ich habe die Schnauze voll. Diese digitale Anbiederei, die habe ich doch wirklich nicht nötig, Bedürftigkeit hin oder her. Ich lege mein Handy weg und verbringe die Nächte wieder mit meinem Computer. Sehe mir an, was entfernte Freunde in ihrem Thailand-Urlaub zu Mittag essen, wie ihr Kätzchen den Nachbarhund abschmust, welche Beeren in ihrem Garten wachsen, wie der dörfliche Kirchturm im Morgenlicht leuchtet und wie im Abendlicht, wie viele Gläser Marmelade die Beeren hergegeben haben, an welchen Stränden sie sich aalen, die behaupteten Freunde und Freundinnen, und um wie viele

Minuten ihr Zug nach Hannover oder Berlin Verspätung hat. Ich lese kluge Sprüche und dumme Witze und bekomme Freundschaftsanfragen. Wenn mir Name und Gesicht bekannt sind, bejahe ich sie. William Spencer kenne ich nicht.

Aber. So ein fescher Lackel. Hallo, schreibe ich zurück, deine Bilder gefallen mir auch, und zehn Minuten später ist schon seine Antwort da. Wie geil ist das denn! Gut Deutsch kann er allerdings nicht. Im ersten Satz redet er mich mit Sie an, im zweiten mit du. Ich will das nicht überbewerten. Die Handwerker, die mir zurzeit neue Fenster einbauen, wechseln innerhalb eines einzigen Satzes vom du zum Sie und zurück. Also großzügig darüber hinwegsehen, nicht dudenlicher sein als der Duden.

Das Profil des Feschaks ist voll mit Fotos von High-Tech-Baustellen, und ich habe einen Narren an technischen Meisterstücken gefressen. Allergrößten Respekt ringt mir ab, wenn sich ein Lkw mit Anhänger arschlings in eine schmale Toreinfahrt fädelt, in ein Nadelöhr, bei dem es um Zentimeter geht. Da komme ich auch mal zu spät in die Arbeit, weil ich das sehen muss, bleibe bis zu dem Moment, in dem das Manöver gelungen ist und der Fahrer aus dem Führerhaus springt. Sogar das Fach meines Staubsaugers bestaune ich, wie dort auf kleinstem Raum eine runde Bürste, eine eckige Düse und ein langgezogenes Fugensaugteil Platz haben, da hat jemand Genialität im räumlichen Puzzeln bewiesen.

Ich google die Baufirma, deren Logo auf den Fotos deutlich zu erkennen ist. Eine große deutsche Firma, auf der Startseite der Unternehmens-Homepage drei Arbeiter mit orangen Helmen. Ein Gesicht kommt mir bekannt vor. Es ist mein Freundschaftskandidat. Vielleicht hat die Firma eigene Mitarbeiter als Fotomodelle genommen, und der Arbeiter wurde rekrutiert, weil er so gut aussieht.

Das ist der Moment, in dem ich mir selbst nicht mehr traue. Keine Firma dieser Größenordnung nimmt eigene Leute für ein Fotoshooting, dafür gibt es Agenturen. Ich beginne im weltweiten Auskunftsbuch zu recherchieren, mit dem Suchbegriff Betrug, und werde schnell fündig. Fotos werden oft geklaut und für Fake-Profile verwendet. Achtung, wenn das Gegenüber zu verlässlich antwortet. Abzocke sei das Ziel der Betrüger. Vorher werde Vertrauen aufgebaut, werden Bäuche gepinselt, und oft machen das gar keine echten Menschen, sondern Roboter. Da muss ich schlucken. Hinter dem Typen, dem freundlichen mit dem gewinnenden Lächeln steckt vielleicht gar kein unansehnlicher, bedürftiger lonesome hero, sondern nur eine künstliche Intelligenz, eine Maschine?

Tut mir leid, schreibe ich, aber ich kann dir nicht trauen. Zeig mir, dass du ein echter Mensch bist. Die ominösen zehn Minuten vergehen, weitere zehn Stunden auch. Erst am nächsten Tag meldet er sich wieder. „Hallo, ich würde gern Ihr Freund sein. Deine Bilder gefallen mir." Exakt dieselben Worte wie beim ursprünglichen Anschreiben. Ich drücke den Löschbutton. Bist du dir sicher, dass du dieses Profil entfernen willst? Wenn du auf Ja klickst, wird der Chat unwiderruflich gelöscht.

„Ja, ich will", sage ich und klicke.

ALS ich im Gemischtwarensupermarkt die CD mit den schönsten Schubert-Liedern auf das Förderband der Kassa gelegt habe, hat sich jemand hinter mir eingemischt. „Gute Wahl. Die beste Aufnahme, die je gemacht wurde." Die Stimme kam mir nebelhaft bekannt vor, der Akzent, die Färbung der Laute. Ich drehte mich um und musste meinen Kopf heben, um das Gesicht zu sehen. Der Schöne aus dem BarBier, dem ich damals so gern an die Wäsche gegangen wäre. Das feine Tuch, das er immer trug, wenn er seinen Radler trank, nur selten waren es zwei, egal ob Pullover, Jacke, Hemd, Hose oder Schal, in meinen Fingern kribbelte es, sie hätten so gern danach gegriffen, sich daran gerieben, sich darin versenkt. Aber der Kopf war dagegen. Die distinguierte Art des Freitaggasts hielt ihn davon ab, sein Einverständnis zu geben.

An der Kassa des Drogeriemarkts mit dem großen Sortiment trug er einen knöchellangen Mantel, der nach Kaschmir aussah und einen kleinen, runden Hut. „Dreißig Euro und achtundneunzig Cent", sagte die Kassierin. Ich hielt meine Karte vor das Lesegerät und ließ mir mit dem Einpacken meines Einkaufs Zeit. Er bezahlte eine Dose Rasierschaum und bat um eine kleine Papiertüte. „Warum wird sie dann um einen Spottpreis verschleudert?" Wir gingen nebeneinander Richtung Ausgang. „Sie ist neu aufgelegt worden und kommt bei einem anderen Label heraus." Da kennt sich einer aus. Ich nutzte das Gedränge, um meinen Handrücken am Stoff seines Mantels streifen zu lassen. Kaschmir, kein Zweifel.

Er schlug Kaffee vor. Den nahmen wir nicht im nächstbesten Café, sondern in dem Kaffeehaus nach Wiener Art, wo Kristallluster von der Decke hängen, die Stoffbezüge der Stühle und Bänke abgewetzt sind und viel Platz zwischen den Sitzgruppen ist, wo man nicht eingeklemmt wird zwischen fremden Leibern und den Worten am Nachbartisch, die man nicht hören will. Das Kaffeehaus in einer Seitengasse von Albruggens Herzeigestraße ist eine Institution, so alt, dass die Kronleuchter noch aus Bleikristall gefertigt sind. Das Licht bricht sich darin und lässt tausend kleine Regenbögen schillern.

Ein Piano steht in der Mitte des Raums, eine großzügige Huldigung der Musik, heftig umstritten, als das Café vor fünf Jahren den Besitzer wechselte. Welch eine Platzverschwendung, in seinen Augen. Was ihm da an Umsatz entgeht. Er ließ den Konzertflügel, der ein Viertel der Lokalfläche genommen hatte, entfernen und füllte den gewonnenen Platz mit Tischen. Doch er hatte die Rechnung ohne die Gäste gemacht. Ein Aufschrei erschütterte Albruggen, ausgestoßen von Stammgästen, die dort in wechselnden Schichten Hof halten. Am Morgen die Journalisten, die sich mit Politikern an einen Tisch setzen, um Hintergrundgeschichten zu erlauschen, am späten Vormittag Studenten und Studentinnen, die bei einem café au lait aufzuwachen versuchen, zu Mittag städtische Beamte und Anwälte aus den umliegenden Büros, am späten Nachmittag Bankangestellte und abends Architekten und Schriftsteller, Maler und Karikaturisten. Sie verfassten eine Petition, reichten sie von der Morgen- zur Abendschicht durch, bis alle unterschrieben hatten, füllten

Zeitungsseiten mit ihrem Protest und drohten mit Konsumstreik. Gegen die geballte Kraft der A-, B- und C-Prominenz Albruggens war der Wirt machtlos. Er setzte sich am großen runden Tisch mit den Wort- und Schriftführern zusammen und verhandelte einen Kompromiss. Ein Klavier, ein Pianino, sollte dem Flügel nachfolgen, die drei neuen Tischreihen auf eine reduziert werden.

Gäste setzen sich manchmal an das Klavier, spielen zwei drei Stücke, eine der Musiklehrerinnen am Gymnasium oder der Hobbymusiker, dem der Flügel gepfändet wurde. Er legt seine Mütze offen auf das Instrument, erhält so manche Münze, die anderen ernten kurzen Applaus. Seit Kurzem finden auch musikalische Abende statt, für die sich Interessierte aufmascherln und begeistert Beifall spenden.

Ob ich Augsburg kenne, fragte mich mein Gegenüber mit dem kleinen Hut. Ja. Dort referierte Heimo am Eiskanal über die Olympischen Spiele, und wir spazierten die schmalen Kanälchen entlang, die den historischen Kern durchziehen, überspannt von unzähligen Brückchen und Stegen, was der Stadt eine lauschige Atmosphäre verleiht. Dort wunderten wir uns über einen Turm, der wie ein Maiskolben aussieht, und berauschten uns an der Landschaft im Westen, die uns bei der Weiterfahrt mit toskanischer Hügeligkeit entzückte.

In dieser Stadt ist er aufgewachsen. Am Lech, dem Fluss, der Sprachgrenze, die das Bairische vom Schwäbischen trennt, und wo bis 1998 amerikanisches Militär stationiert war. Bei mir fällt der Groschen. Von daher also die Färbung seiner Sprache, endlich kann ich sie zuordnen, die mich schon im

BarBier stutzig gemacht hat, wenn der feine Gast, damals noch ohne Hut, „låss mi zoin" sagte, mit diesem a, das tiefer aus der Kehle kommt als bei mir. Die Sprachfarbe, die mir an den bayerischen Biertischen mit Heimo so gut gefallen hat, dass ich versuchte, sie nachzuahmen, ohne Chance, meinem Gaumen diesen Klang zwischen a und o zu entlocken, der sich heimelig auf meine Stimmung legt, wenn ich ihn höre. Und der sich noch samtiger einschleicht, wenn er einem weichen p folgt, weicher noch als das b in meinem Dialekt, „båssd scho". So klang es, sein „passt schon", mit dem er mir einen Zehner und einen Fünfer in die Hand drückte, für den Radler, der dreizehn Schilling kostete.

Schade, dass mir damals, als ich das einzige Mal eine Reise für Heimo und mich plante, kein Reiseführer von der amerikanischen Wohnsiedlung erzählt hat, es hätte ihm gefallen. Vielleicht wäre sein Urteil über meine Reiseplanung milder ausgefallen, wenn ich ihn zu einem Stadtteil mit US-Flagge geführt hätte, wo es keine Zäune gibt, wo alle Nachbarschaftsgrenzen offen sind, wie es kein Deutscher planen würde, ein Österreicher auch nicht, vielleicht überhaupt kein Europäer. Ein Little America mit beweglichen Fliegengittern an den Türen, Kinderschutzvorrichtungen vor den Fenstern und Fast-Food-Restaurants. Ich hätte aufgeigen können mit angelesenem Wissen über die Geschichte dieser Siedlung, die 1951 gegründet wurde und mit ihrer straffen Lineatur einen Fremdkörper bildete, einen städtebaulichen Riegel im Westen der Stadt, ohne Grün, dafür aber weiträumig und übersichtlich. Hätte ihm zeigen können, wie sie sich verändert hat, wie sie verändert wurde, deutscher wurde, grüner.

Der Soldat und die Geigerin, das ist der Titel der deutsch-amerikanisch-österreichischen Elterngeschichte, die mir im Kaffeehaus unter den Bleikristalllustern erzählt wird. Die Mutter von hier, dem Städtchen zwischen den Bergen, eine Orchesterstelle hatte sie nach Augsburg gelockt. Aber sie vermisste die schützende Haut der grünen Hänge und kalkigen Felsen, da nützte es auch nichts, an klaren Tagen auf den Hotelturm mit seinen siebenunddreißig Stockwerken hinaufzufahren, der wie ein Maiskolben aussieht, und einen Blick zu den Alpen zu werfen, aus hundert Metern Höhe. Bei klarem Wetter waren sie zu sehen, in der Ferne, die Berge, die die Macht hatten, die Mutter zurückzuziehen. Sie kehrte heim, geschieden, das hochgeschossene Pubertier im Schlepptau, Imanuel.

Am Ende unseres Gesprächs endlich ein Name. Er gibt mir seine Telefonnummer, „Nachname Kay", sagt er, Kay wie der englische Buchstabe K. Ich rufe ihn probehalber an, er speichert meinen Namen. „Lara wie in Doktor Schiwago", sage ich. Er lacht, ein samtenes Lachen mit Kaschmirnote. Ein einzelner Buchstabe, eine Abkürzung als Familienname, das hat eine amerikanische Behörde seiner Vaterfamilie vor hundert Jahren zugemutet. Weil sie mit den geballten Konsonanten des afrikanischen Originals überfordert war.

DIE gekrümmte Figur des leidenden Dichters kauert wie eh auf dem Hügel oberhalb von Albruggen. Die rot lackierten Bänke sind naturbelassenen gewichen, aufgestellt vom Verein zum Gedenken an den Poeten, als sich sein Geburtstag zum hundertsten Mal jährte. Metallschildchen auf der Rückenlehne tragen Zitate aus seinen Gedichten, eine Tafel zu Füßen der Statue erzählt die Geschichte seines kurzen Lebens, das traurig und produktiv gewesen ist.

Die Wiese liegt brach unter den Resten eines früh gefallenen Schnees, über den sich Kinder gefreut und Autofahrer geärgert haben. Wir spazieren die Serpentinen hinauf, Lenze und ich, nachdem uns das Leben vor ein paar Wochen einander in die Arme geworfen hat. Er war im Ausland gewesen, ein Berufsleben lang, und kam mir mit dem verlegenen Lächeln entgegen, das mir als junger Frau warm ins Herz gekrabbelt war. Einen Moment zögern wir, bleiben stehen, schauen uns an, einen Atemzug länger als nötig ist, um sich zu versichern, dass er der ist, der ich glaube, dass er ist, dass ich die bin, von der er meint, dass ich es bin. Das Erkennen geschieht, gealterter Haut und hell gewordener Haare zum Trotz. Dann umarmen wir uns, als hätten wir das immer schon getan. Meine Scheu von damals ist vergangen, meine Hände mit den Jahren geübt geworden im Angreifen, Hingreifen, Berühren. Sie verbiegen und verstecken sich nicht mehr. Ich spüre seinen Körper, nach dem ich mich vor Jahrzehnten so gesehnt habe, dann speichert er meine Telefonnummer in seinem Phone.

Die Buchhandlung, in der Oskar sein erstes Buch präsentiert hat, lädt zu einer Lesung aus seinem neuesten Werk. Sein zehntes oder elftes ist es und wurde mit dem österreichischen Staatspreis ausgezeichnet. Einfach hingehen, spontan, das spielt es bei seiner Bekanntheit nicht mehr. Plätze sind zu reservieren, Eintritt ist zu bezahlen. Nach dem einen Bändchen, seinem Erstlingswerk, das probezulesen ich zu feig gewesen war, habe ich kein weiteres Oskar-Buch mehr in die Hand genommen. Zu düster die Geschichten, zu kühl sein Schreibstil. Aber jetzt interessiert mich doch, wofür er den Preis gewonnen hat, ob er immer noch mit Füllfeder signiert. Oft gibt es die Gelegenheit nicht, ihn in Albruggen zu erleben, er hat seinen Lebensmittelpunkt schon lang woanders. Ich bezahle den Eintritt, markiere einen Stuhl mit einem Tuch, rauche vor der Tür eine Zigarette und schaue mir an, wer kommt, um den neuen lokalen Dichterhelden lesen zu hören, lesen zu sehen, für den es nach seinem Tod wohl auch ein Denkmal geben wird. Prosaischer als für den traurigen Poeten, der oberhalb der Stadt auf seinem Sockel kauert. Wie Oskars Memorial aussehen wird? Erhabener als das des Lyrikers stelle ich es mir vor, die Figur aufgerichtet, mit hoch erhobenem Kopf in eine Weite schauend, von der er in seinen Büchern zu erzählen versucht, mit Worten und Sätzen, die mir diese Weite nicht eröffnen, auch wenn sie in Kritiken schwärmerisch gelobt werden. Oskar dargestellt als einer, der von sich überzeugt ist und das Gewimmel zu seinen Füßen ignoriert.

Auf dem Podium wirkt er nicht so. Eher scheu sitzt er hinter dem Tisch, auf seinen Einsatz wartend, während ein selbst ernannter Literaturpapst Fragen stellt. Fragen, die vor allem einen Zweck haben: die Studiertheit des Interviewers zur Schau zu stellen. Mit verschachtelten Sätzen und Fachwörtern, die einherstolzieren wie Gockel unter pickenden Hennen. Oskar denkt nach, bevor er antwortet, mit leiser Stimme, einfachen Sätzen, Pausen. Er rührt mich, wie er da sitzt, vor dem Mikrofon, die Finger um das Wasserglas geschlungen, der Selbstdarstellung eines Mannes ausgeliefert, der vorgibt, ein Verehrer zu sein. Ich muss mein Bild von Oskars künftigem Denkmal wohl überdenken.

Was er dann vorliest, gefällt mir nicht, das Buch kaufe ich mir dennoch. Um einen Grund zu haben, vor ihn hinzutreten, eine persönliche Widmung zu bekommen, in seinen Augen Erkennen zu sehen, vielleicht sogar Wiedersehensfreude. „Für wen?", fragt er und schaut mich ohne jenes Erkennen an, auf das ich gehofft habe. „Für Lara, die dir das nicht zugetraut hat." – „Jaaa, --- ich erinnere mich", sagt er, „nein, ich erinnere mich sogar genau. Im Uni-Bistro, ich habe meinen Kaffee nicht bezahlt." Dann schreibt er die Widmung in das gebundene, dicke Buch. Mit dem satten Zug seiner goldenen Feder. *Für Lara. Herzlich. Oskar*

IN dieser Nacht träume ich. Auf der Eckbank unter der Uhr mit den römischen Ziffern sitzt der Abt im strengen Stehkragenhemd und trinkt Verlängerte, der stille Braune gesellt sich zu ihm, stimmt ein Loblied auf das BarBier an, das es schon lang nicht mehr gibt, Charly streicht eine Haarsträhne zurück, lacht sein sonores Lachen und prostet den anderen zu. Auf Lara! Sie stoßen miteinander an, die Gläser klirren laut, wieder und wieder, bis der Schleier der Nacht reißt und zu erkennen gibt, dass mein Telefon klingelt. Erste Sonnenstreifen liegen auf meiner Bettdecke, es muss schon neun sein oder halb zehn, so tief wie das Licht in mein Zimmer taucht. Ich bin noch zu sehr von der Schummrigkeit des BarBier umfangen, um den Anruf entgegenzunehmen. Kurz nachdem das Handy still geworden ist, ertönt das Signal einer Nachricht. Imanuel hat mir aufs Band gesprochen.

Wir treffen uns wieder in dem Kaffeehaus, wo die Löffel nicht neben der Tasse auf dem Teller serviert werden, sondern bäuchlings auf den Wassergläsern liegen, und die Tabletts aus Silber sein könnten, so poliert wie sie glänzen. Imanuel nimmt mir den Mantel ab, hängt ihn neben seinen, den Hut behält er auf, den kleinen, runden Hut mit dem spaßigen Namen, wie er nur von Engländern gefunden werden kann, deren Humor sich mir oft nicht erschließt, pork pie, Schweinepastete.

Er bestellt eine Melange, ich einen Einspänner. „Wie hat dir die CD gefallen?" Er führt seine Tasse zu den Lippen, hält den Henkel mit Daumen, Zeige- und Mittelfinger, ohne einen davon einzuhaken, wie ich das mache. Seine Hand hat die Farbe des Mokkas unter der Sahnehaube meines Ein-spänners. „Gut, sehr, sehr gut." Mehr will ich nicht sagen. Zu sehr haben mich die Schubert-Lieder in eine andere Welt entrückt, nicht unbedingt in eine bessere, in eine Heimo-Welt, in die ich jetzt nicht mehr eintauchen will. „Der Begleiter war ein begnadeter Pianist, der sich nie selbst inszeniert hat." Das Klavier habe ich gar nicht wahrgenommen, nicht bewusst, ich hatte nur Ohren für den Schmelz des Baritons und den Schmerz der Worte.

„Welches Instrument spielst du?", frage ich ihn. Er beugt sich zu mir, die Hände auf dem Tisch übereinandergelegt, auf dem rechten Daumen ein Ring. Den bemerke ich erst jetzt, so wenig hebt er sich von der Farbe der Hand ab, nur zart schimmert Silber durch die schwarze Oberfläche, kein Schmuckstück, mit dem man aufgeigt, eher eines, das man für sich selbst trägt, wegen des Gefühls, des Gefühls am Daumen und in den Fingerkuppen, die ihn drehen, während Imanuel nachdenkt. „Komm doch einmal zu einem Sinfonie-konzert. Ich lade dich ein."

Ich sehe ihn, wie er neben dem Dirigenten steht oder der Dirigentin, Albruggen hat seit Kurzem eine, ein Solo schmet-tert, sein Instrument, die Trompete, hoch in die Luft ge-reckt, seinen Pork-pie-Hut auf dem Kopf wie der Trompeter bei Leonard Cohens späten Konzerten. „Spielst du mit dem Hut auf?" Imanuel lacht, wie seine Trompete lachen würde, bei Tönen, die hoch hinauswollen. „Nur wenn ich mit dem Ensemble spiele." Eine Jazzformation, die ab und zu in ei-nem Club auftritt oder im Pavillon des Burggartens oder hier im Kaffeehaus, in dem sich jetzt eine Musikstudentin ans Klavier setzt und *Für Elise* anstimmt.

„Ich kenne mich bei Musik nicht aus." Nur bei Liedern, deren Flehen mein Herz rührt. Nicht erst, seit ich mit Schubert im Bett lag, das macht auch Cohen mit mir, machen Juliette Greco, Georg Danzer, Georges Moustaki. „Bei Musik muss man sich nicht auskennen. Die spricht zum Herzen." Davon kann ich ein Lied singen, von dem, was Melodien und Worte in mir schon angerichtet haben, Höhenflüge, Talstürze. Aber das ist jetzt nicht der Zeitpunkt, darüber zu reden. Ob der Ring nicht beim Spielen stört? Vielleicht nimmt er ihn dafür ab. Ich könnte es herausfinden. Wenn ich seine Einladung annähme. „Im Februar geben wir Mahler fünf. Da hat die Trompete zu Beginn einen Solopart." Die Trompete hat ein Solo, nicht er. Ja, das möchte ich sehen. Sehen und hören. Wie die Trompete mit ihm eine Sinfonie eröffnet. Wie er mit ihr alle Aufmerksamkeit hat. Ob der Ring am Daumen geblieben ist.

Endlich kann ich meinen barocken Rock ausführen, den schwarzen, gerafften, bauschigen Rock aus Taft, der bei jeder Bewegung raschelt, sich wichtigmacht. Den ich vor Heimos Begräbnis in den Schrank zurückgehängt habe. Er verhält sich ruhig während des Konzerts, raschelt nicht, stört die andächtigen Zuhörer ringsum nicht. Ich höre, lausche, horche, anstatt zu denken und die Beine übereinanderzuschlagen, einmal so und dann wieder anders, wie ich es getan habe mit Heimo, bis er mich verärgert zur Ruhe mahnte. Ich höre das Solo. Eine lockende Fanfare, das Intro zu Mahlers fünfter Sinfonie, zu einer mir neuen Welt.

Danke

allen Männern, die für die Figuren in dieser Geschichte Pate gestanden sind, den Machos und den Kavalieren, den Hallodris und den Herren, den Bergfexen und den Dichtern, den Handwerkern und den Gstudierten, den Musikern und Schauspielern, den Klugscheißern und Einfühlsamen, den Grantscherben und den Gute-Laune-Aposteln. Ihr wart mir große Inspiration. Für das Buch und mein Leben.